大鱼

有爱的青春陪伴者

茉莉胡同

Moli Hutong

正月初三 / 著

四川文艺出版社

图书在版编目（CIP）数据

茉莉胡同 / 正月初三著 . -- 成都 : 四川文艺出版
社 , 2023.2
ISBN 978-7-5411-6509-2

Ⅰ . ①茉… Ⅱ . ①正… Ⅲ . ①长篇小说 – 中国 – 当代
Ⅳ . ① I247.5

中国版本图书馆 CIP 数据核字 (2022) 第 217604 号

MOLI HUTONG
茉莉胡同

正月初三 著

出 品 人	谭清洁
责任编辑	邓 敏
特约编辑	娄 薇
装帧设计	Insect 唐卉婷
责任校对	段 敏

出版发行　四川文艺出版社（成都市锦江区三色路 238 号）
网　　址　www.scwys.com
电　　话　0731-89743446（发行部）　028-86361781（编辑部）

排　　版　长沙大鱼文化传媒有限公司
印　　刷　长沙鸿发印务实业有限公司
成品尺寸　145mm×210mm　　　开　本　32 开
印　　张　9　　　　　　　　　字　数　210 千字
版　　次　2023 年 2 月第一版　印　次　2023 年 2 月第一次印刷
书　　号　ISBN 978-7-5411-6509-2
定　　价　39.80 元

目录
contents

目录
contents

第 一 章

他的粉丝
MoliHutong

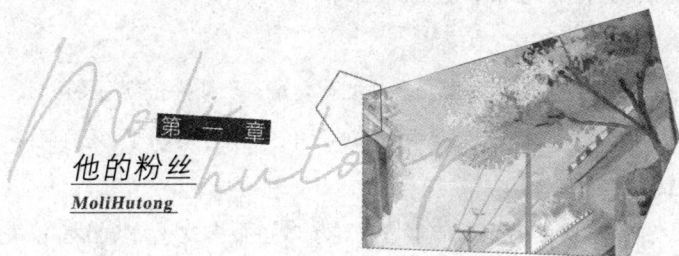

多年以后，简小执最后一次回到这个熟悉的地方。

自行车响着铃驶过，两旁的树投下厚厚的阴影，光影交叠间，树枝上垂下褐色鸟笼。屋檐飞角，挂着上了年头的灯笼，灯笼下拿木板写了四个字：

茉莉胡同

顺着胡同往前走，经过裱画铺、冰棍铺……然后就是她的家。

茉莉胡同 17 号院。

刷着红漆的门窗，玻璃年久已经成了绿松石色，石榴树底下原本挂着两个鸟笼，对着太阳的地方牵起三根绳子，天儿好的时候上面会晾满棉絮被和墨绿白格子床单。

姥爷的审美一直成谜。

满胡同院晾床单都是一片红花鸳鸯，玫红桃粉热闹得不行，偏偏到了她家，就是生硬死板的格子床单——换了绿格子，还有蓝格子，数不胜数的格子。

简小执因为床单的事情跟姥爷吵了很多次，每一次都以失败告终。

老有人说她犟，说这话的人应该是没见过她姥爷——固执到让人根本喜欢不起来的犟老头。

他老是坐在一把竹编藤椅上，天儿好的时候坐在院中央眯眼晒太阳，教鹩哥背诗；天儿不好的时候就坐在屋檐下，看着面前滴滴答答落下的雨。

现在藤椅应该已经被收起来了。

其实一点也不想念。

那时候参加完姥爷的葬礼，简小执甚至觉得松了一口气，好像从小在身上压着的石头终于给挪开了。

但不知道怎么回事，简小执还是不由自主迈着步子进了姥爷生前住的房间。

里面从来没乱过。

银色钟表挂在墙上，钟底下是红木柜子，柜子正对着的是床，床上的被子叠成豆腐块形状，枕头上铺着枕巾。

床边是双开门的老式衣柜，正中间镶嵌着一扇方镜子，年岁久了，镜子边缘有小黑点，照人也模糊。

简小执伸手敲了敲红木柜子。她从前玩捉迷藏喜欢藏在这里面，有时候跟姥爷吵架赌气了，也喜欢钻进这里面躲着生闷气，心想迟早有一天她要搬出去，再也不跟这老头儿来往。

简小执打开柜门，里面不出意料地放着刻刀和木头。

嗯？

那个红色笔记本好眼熟……

那不是她的日记本吗？

怎么放这里来了？

简小执拿起日记本，翻开。

第一页就写着这么一句话：

> 你不勇敢，没人替你坚强。

简小执心里"咯噔"一下，耳朵立马红了。

生怕被人看见似的，她手忙脚乱迅速翻过这一页。

她深呼吸一口气，映入眼帘的是熟悉的狗爬字体。

5 月 7 日

天气：太阳照得我整个人像在冒火花！

啊啊啊啊！！

李逍遥也太帅了吧！！！

5 月 8 日

天气：云呢？好歹遮遮太阳啊！

我要被姥爷给气死。

说了不乐意吃砂板糖，非得买回来，非得让我吃。

烦不烦啊！

我连吃什么都不能自己定吗？

……

日记写得扎实，基本每天都有记录，虽然只有短短几句话，但还是迅速让简小执陷入了旧时光。

她挺想念那段日子的。

像是拢着金黄色的边儿，有着特简单的快乐、特直接的愤怒，经常自以为是地难过，思考很多和自己无关的大问题，没经历社会的毒打，时不时纠结当了百万富翁之后是先捐孤儿院还是先建流浪动物之家。

结果别说当百万富翁了，连生计都成问题。

简小执好笑又惆怅地摇摇头。

姥爷把这个院子给了她，现在她赋予这个院子的结局，是卖掉它。

很快她就真的一无所有了。

简小执手摩挲日记本内页，曾经认真写下的字在指尖和指缝里轮换角度偏旁。

突然间，这些字好像变得模糊了。

简小执闭上眼，晃了晃脑袋。

是最近压力太大了吗？

"吱——"

身后传来门被打开的声音。

简小执回头，看见本该已经彻底入土为安的姥爷，正精神抖擞地站在门口，手叉着腰，对她大吼：

"几点了！还不去上学！"

简小执瞪大双眼，嘴张大到可以塞进两颗鹅卵石。

"鬼、鬼——鬼啊！"她一边号叫，一边后退，拿着日记本挡在胸前，哆嗦着说，"我错了，我错了，我一会儿就给您买纸烧了去……"

魏国义看简小执那没出息样，也听不清她在念叨什么，眉头拧起——这家伙肯定又在找借口不去上学了。

"装神弄鬼没用啊，简小执，我正经告诉你，赶紧去上学！没有理由！这回迟到了老师罚你抄课文可别来找我！"

说完，他把书包塞简小执怀里，推着人出门。

"麻团、油饼给你揣侧兜了，豆浆一会儿路过你张婶那儿自己拿——"

尽管简小执还处在震惊蒙圈状态，但听了这话，她下意识就开始顶嘴："跟您说多少回了，麻团、油饼揣书包里会漏油！"

"那你有能耐自己起早床买去啊！"魏国义不甘示弱地把话抵回去。

简小执翻了个白眼。

路过张婶早点铺子，她正忙着，简小执打过招呼，拎起一早放桌边的豆浆，插上管儿，心不在焉地往学校走。

刚才混乱中，她看到墙上日历，2005 年。

这是梦吗？

简小执想了想，狠狠往路边栏杆踹了一脚，疼得她当场看到了星星，一闪一闪的。

搞什么？

简小执左右张望，街边树底下明显年轻不少的裱画铺老板李国富端着碗炒肝儿吸溜，见着她，吆喝了一声："简小执，你的豆浆要洒了！"

她恍恍惚惚地端平豆浆，恍恍惚惚地往学校走。

简小执走好一会儿了，魏国义看着院子竹竿上晾的校服，猛地一拍脑袋。

今儿周一全校升国旗，必须得穿校服！

魏国义取下校服，袋子也来不及套，急匆匆出了院子，追上去。

外面哪儿还有人。

得，看来今天又得挨批。

魏国义叹口气，摇摇头，背着手往家里走，却看见自家院子旁边多了辆大卡车。

魏国义探出脑袋看，是新搬来一对母子。

妈妈约莫四十岁，齐耳短发，黑发箍利索地把头发别好，脑门儿敞亮干净。

她左手叉着腰，右手在空中悬置指挥人搬东西，声儿响亮干脆：

"那桌子小心点儿,边角刻着花呢,磕坏了就不好看了。"

"戚亮,你搭把手去!"

被唤作"戚亮"的人,进入魏国义视线范围,魏国义当即眼前一亮。

这小伙子不错啊,黑色短袖 T 恤,露出来的小臂肌肉结实,条理分明,皮肤小麦色,一看就很健康,关键有力气,单手扛起四把椅子。

不错不错。

"邻居啊?哎哟,不好意思,不好意思,挡道儿了。"

"嘻,多大点事。新搬来啊?"

"可不嘛,看了好几处,还是这个院子合心意。离孩子上学也近。"

"在哪儿上学啊?"

"今年被特招进十四中了。这么一看以前住的地方忒远,他早起要训练,加起来比一般孩子起早仨小时。"

魏国义听到这儿,更满意了。

不仅能起早床,听这意思还是体育特长生——更好了,这都不止身体健康了,这是身体强壮了。

十四中,跟简小执一个学校。

欸?

"我孙女儿也十四中,他什么时候上学去啊?"

"就现在吧,老师让他赶着升旗仪式结束过去。"

"正好!"魏国义叫住搬完椅子走出来的戚亮,"来,小伙子,帮我把这校服给我孙女送去。"

戚亮莫名其妙，这大爷也太自来熟了。

但他还是点点头："好嘞。"

魏国义更满意了，他摆摆手，对戚亮妈妈说："得，你慢慢弄吧，我去下会儿棋，不急着回院儿。"

高一（九）班。

简小执。

戚亮顺着班牌一路找到三楼。

现在正上课，过道空荡荡，只有一个人靠墙站着，手里举着书本，一脸生无可恋。

"你好，请问高一（九）班在哪儿？"戚亮问。

"我身后就是。"简小执上下看了戚亮一眼。

这人怎么这么臭？

简小执皱起鼻子："你跑着来学校的啊？赶紧离我远点儿，一身汗味儿。"

戚亮觉得这人跟刚才在胡同遇见的老头儿有得一拼，都挺自来熟；不对，面前这女生比那老头儿还自来熟，这说话语气不知道的还以为他俩早知根知底儿了。

"你认识简小执吗？"

"我就是简小执。你找我干吗啊？"

"你爷爷让我给你送校服。"戚亮把手里提溜的校服递给简小执。

"现在送来有啥用，升旗仪式都过了，我已给罚这儿了……"简小执挺无奈地接过校服。

想起来老师说让他赶着升旗结束去报到，戚亮后背一紧，撂下一句："我就当你已经道过谢了。"然后转身急匆匆走开。

简小执看着戚亮的背影，摇摇头，这人怎么这么毛毛糙糙。

手里的校服湿润润的……

嗯？

湿润润的？

简小执低头一看，校服上一片阴影，不用说，肯定是戚亮的汗。

啧。

她嫌弃地把校服围在腰间，继续生无可恋地等待下课。

"刚才就听外面嘀嘀咕咕好一阵儿，罚站都不安生？"班主任姚春霞走出来，看简小执有校服不穿，系在腰间跟个二流子似的，好不容易消下去的气又噌地蹿起来，"简小执！现在怎么又有校服了？刚才升国旗时不穿！有校服也不知道好好穿着！系那儿干吗，下厨啊？"

本来只需要罚站一节课的简小执，现在得站完一上午。

戚亮可真是她祖宗。

但凡他不出汗到她校服上，她能不穿吗？

简小执翻个白眼，气得不行。

戚亮去办公室找了老师，老师把他安排在高一（七）班，跟简小执班级在同一层楼。

他拿着书本儿往教室走，看见简小执趴阳台那儿看着教学楼底下的活动空地。

戚亮顺着她的目光看下去，看到那里站着一个子挺高的白净男生——好像是叫裴树生吧，刚才在光荣榜那儿见到他照片了。

戚亮一下子就明白了。

再看简小执，一双眼睛跟塞满了爱心似的，整个一花痴样。

啧啧啧。

戚亮觉得好笑，也没放在心上，就觉得这人眼睛冒爱心的样子有些搞笑，转头就忘了这回事。

这第一天上学，比戚亮想象的要漫长多了，他坐在最后一排，翘着椅子看外边的天儿。

饿了。

早上急着来报到，中午饭票还没办下来，戚亮就去学校门口喝了碗炒肝儿，那家店的包子太油，放往常戚亮能吃五个大包子，今儿中午居然吃两个就腻了。

食欲不振，也不知道是不是思念在作祟——这次转学突然，他走的时候之前学校的好哥们儿都挺不舍。

虽然他面上一切如常，但其实心里还是有些难过。

张全欠他的钱还没还呢。

下一次见面不知道是什么时候了。

最后一节课的下课铃一响，戚亮立马拎着空书包走人了。

等他班主任拿着校服来找戚亮的时候，座位上空空荡荡，哪儿还有人。

"老师，我跟戚亮住一个胡同，给我吧，我顺道捎回去。"简小执主动说。

"行！"

回家路上，好一群鸽子飞过天边，鸽哨声儿悠远滑过。

肯定是张爷爷家的。他就好摆弄鸽子，还自己雕鸽哨，以前自己没事就凑他身边，看他拿着刻刀在木头上比画几下，一个鸽哨就做成了。

啊，怀念。

一进茉莉胡同，就闻见一股饭菜香味。

简小执耸耸鼻子，跟着味道一路摸到了戚亮家。

"哇，好香！"

简小执从门口探出个脑袋。

戚亮正在院里给自行车打气，见着简小执，拘谨地点点头，打了个招呼。

简小执一看戚亮这面对不熟的人一本正经的样儿就想乐。

她走进院里，把校服递给戚亮。

"你们家今儿晚上吃什么啊？"简小执头往厨房的方向看。

魏芊芊刚好端着菜出来。

简小执连忙露出灿烂的笑容，热情洋溢地打招呼："婶儿！我叫简小执，住您隔壁院。"

"好嘞，叫我魏婶吧，吃了吗？"

简小执就等着这句话。

没等魏芊芊话音落地，简小执立马接上："没呢！就闻见您家这饭菜香了，我饿得肚子都凹进去了。"

"来吧，留下来一起吃。戚亮，去添双筷子！"

戚亮站起身来，看向简小执的目光很是不可思议——这都不是自来熟了，这得是脸皮厚吧。

简小执对着戚亮做了个鬼脸，转头继续跟魏芊芊拉家常："魏婶，您东西收拾完了吗？我跟您讲，您以后买菜得去东边那菜市场，西边的老缺斤少两，不实诚……"

屋里头热，于是他们在院里搭了小桌子，三个人围着吃。

简小执吃得啊，那叫一个饱。

"我这辈子从来没吃这么撑过。我现在只在寻思一个问题：怎么打嗝不会吐出来。"

魏芊芊乐半天。

"你家还有一爷爷吧？给，刚开始盛好的菜。"魏芊芊拿出饭盒，让简小执带回去。

"那是我姥爷，不是爷爷。"简小执纠正道。她爷爷可温柔了，对她百依百顺，哪像她姥爷。

简小执撇撇嘴。

回了自家院子，姥爷正站在树底下，逗他养的鹩哥。

"怎么回来这么晚？"

"去隔壁魏婶家蹭饭了。"简小执抬了抬手里的饭盒，"这是魏婶给您的。"

魏国义高兴地点点头。

"这不正好嘛，我正愁晚上吃什么呢。"

简小执伸了个懒腰，往屋里走，敷衍答道："是是，魏婶人可好了，惦记着您呢。"

当躺在熟悉的床上，看着床对面熟悉的风扇、墙上贴着的熟悉的周杰伦海报时，简小执深呼吸一口气。

真好!

她伸直手脚,在床上翻滚几圈,把头埋在枕头里。

真的回来了!

那么——

就"躁"起来吧!

简小执眼睛滴溜儿转,根本睡不着。

简小执思考一整天了,首先,第一步就是买房!而且还得加紧买!

事不宜迟,简小执穿上拖鞋就去拍魏国义的门。

"姥爷,您就乐吧。"

"啊?"

"我不是一般人,我有预感,咱家快发了。"

魏国义就听了个开头,已经受不了了,把简小执轰回屋子去:"做什么梦呢,写作业去!"

喊。

还不信她!

简小执锲而不舍:"您信我!咱们趁现在买下隔壁魏婶那院子,咱盘下来!以后会赚翻的!"

"还赚翻呢,今儿我问了,那院子全套弄下来十万都不到,盘什么盘。"

"十万?"简小执傻眼。

"不到十万。"魏国义很肯定地说。

什么鬼?

睡前思索太费神，第二天被精神抖擞的魏国义叫醒时，简小执迷迷糊糊困得不行。

她一路眯着眼睛摸到了厕所，没承想刚睡醒，方向感还没苏醒，直接进错地方了。

戚亮正在提裤子，就看见门口的简小执。

"你好？"

简小执瞪大眼睛，瞬间清醒，疯狂尖叫着跑回家，蹦上床，整个人埋在夏被里。

不对啊！她记得没这回事啊！她跟戚亮的相逢根本没这么刺激啊！

简小执从枕头底下摸出日记本，颤悠悠地打开，找到现在的日期，一看。

确实没这回事——倒也不奇怪，现在很多事情都变了。

与此同时，简小执还翻到了这么一条：爸爸想再找个老婆。

我举双手同意——也不是什么大事，我觉得挺好的啊，重组家庭了，我爸还是我爸。

结果姥爷不同意。

不知道姥爷咋寻思的，又不是他结婚再找老婆。

简小执叹口气。

难怪最近老爸总不见人影，原来是和沈阿姨约会去了。

她看了一眼日期，一周半之后，沈阿姨就该来家里了。

到时候可是个大场面啊。

简小执哀愁地叹口气，不出意外的话，那之后老爸就去深圳了。

这才回来团聚多久啊。

简小执又哀愁地叹口气。

"简小执,你还没起来吗?刚才不是见你出去了吗,怎么还在床上?"买完早点回来的魏国义,从门口一看,好家伙——简小执还躺在床上。

"我在思考问题!"

"边上学边思考去!"魏国义大力拍了拍桌子,催她,"赶紧的!上学要迟到了!"

简小执崩溃地坐起来。

生活好比一团乱麻,有谁知道她到底承受了什么!

"校牌别忘了啊!"魏国义把早点装进简小执书包里后,就拎着鸟笼出去遛鸟,临走前提醒简小执。

"知道!"

简小执走出门,就看见戚亮一瘸一拐地往这边走。

"你怎么了?"

戚亮没好气地看了她一眼。

"你怎么了?"戚亮反问她,特意在"你"字儿上加强语气,"你在胡同住这么久厕所能走反?害我以为我进错地儿了,慌慌张张出来摔一跤,你还问我。"

简小执挺不好意思,确实是她的错。

"抱歉抱歉,来吧,我给你包一下。"

她拉着戚亮进了自己院儿,从电视柜里拿出医药箱,蹲在戚亮面前。

一打开医药箱,戚亮就惊了:"这也太整齐了吧?"

"我姥爷弄的，生怕别人不知道他军人似的，家里啥都整齐得不行。我天天跟他过跟军训似的。"

"什么意思？"

"这么说吧，床上不能躺人，脸盆架上不能有脸盆，垃圾桶里不能有垃圾，毛巾架上不能有毛巾，晾衣架上不能有衣服。"

简小执这么一顺溜吐槽完，戚亮乐了。

戚亮看简小执，惊奇地发现这人动作居然挺专业利落。

"你可以啊，是想做医生吗？"

"女人连包扎都不行的话，会嫁不出去的哦。"简小执抬起头，对戚亮眨眨眼。

"嗯？这话好耳熟……"

"废话！这是看过的《银魂》啊！"简小执给戚亮拿酒精消毒一下伤口，又问，"你明早是不是得早起去跑步？"

"是。你怎么知道？"

"你不是体育生吗，不都得早起训练吗？"

戚亮狐疑地看着简小执，这人对自己未免太熟悉！

"行了行了，别想了，赶紧的，再不走真的要迟到了。"简小执推着戚亮往外边走。

上完一天课，经受了一天的知识洗礼，晚上回家，戚亮茅塞顿开，想明白了——

简小执应该是自己的粉丝。

难怪对他的喜好跟日程掌握得这么清楚。

今天见他受伤了还主动给他处理伤口。

啧啧啧，这才刚搬家就遇上热情粉丝了。

得，以后照顾着点儿吧。

戚亮翻个身，心满意足地睡了。

第二天一早，简小执一推开门，就看见戚亮坐在自行车上等她，车把上还挂着两袋豆浆。

"你喜欢干吃油条还是泡豆浆里头？"戚亮问。

"都喜欢，都喜欢。"简小执屁颠屁颠儿凑上去，"明天咱俩起早一点，去吃王婶儿家的卤汁儿豆腐脑，再配上现炸的油饼，那才叫一绝呢。"说完想起来戚亮还不认识胡同里的人，于是一时英雄气概起来了，手揽住戚亮的肩，"放心，以后我罩着你，这茉莉胡同我说一，没人敢说二。"

"是吗？"身后传来魏国义的声儿，"我让你读书去，结果你就天天这么在胡同片子里称王的？"

简小执连忙溜了。

戚亮好笑地看着简小执，回头见魏国义手上的糖花卷儿，意识到那是买给简小执的，连忙道歉。

魏国义摆了摆手："我就担心那丫头不吃早饭，你带着一份挺好。"

戚亮把魏国义买的糖花卷儿也给简小执带去了。

魏国义欣慰地点头，觉得戚亮身体好就算了，还体贴善良，是个好小伙。

戚亮也觉得魏国义没简小执说的那么不近人情。

到了学校。

段多多正在奋笔疾书。

简小执凑过去，一看。

"物理卷子啊？快快，拿过来，咱俩一起抄。"

"记得别抄得一模一样啊。"段多多叮嘱。

"我有那么傻吗？"

简小执改了几个选择题，后边的大题也结合自身实力，空了两道出来。

正巧课代表来收卷子了。

简小执一边把卷子递给课代表，一边转头跟段多多说："下午放学你要没事的话，赶紧去乒乓球校队里占好位置。"

段多多现在作业都搞定了，无事一身轻。

她拿出课桌底下的麻团，咬了一口，问："为什么？今天没比赛啊？"

"今天没比赛，但是今天有新成员加入啊。"

十四中是综合中学，但有一点不同，就是特别重视乒乓球。

因为乒乓球队特别争气，回回拿奖杯回来。

而作为给学校添光彩的乒乓球队，他们本身纪律规则也很简单：全靠实力说话。

队内是有排名的，谁第一谁就是老大。戚亮今天刚进队，照例要跟老队员PK，看自己能在哪个位置待着。

大多数人都是很谨慎地从中后段选人，只有戚亮，上来就要跟排名第一的队长比。

"所以呢？反正最后还是陈刚最厉害。"段多多手里的麻团快吃完了，打了个饱嗝，揉揉肚子。

陈刚就是现在的乒乓球队队长，也是排名第一的人。

简小执懒得跟段多多解释了。

"反正你放学也不急着回家写作业，就看看呗。"

段多多一听简小执这话，倒也有道理。

下午最后一节课下课铃一响，段多多就屁颠屁颠儿拎着书包准备去了，临走前问简小执：

"你要一起去吗？"

简小执本来想直接回家，可是讲真的，她也确实很想看戚亮打乒乓球。

"走着！"

简小执和段多多刚在观战席坐下，就看见戚亮手拿乒乓球拍，指着墙上排名榜第一位。

"我要挑战他。"

队员惊呼。

有个好心的提醒他："陈刚是我们队长，他是最厉害的。"

戚亮耸耸肩："我的实力也不差啊。来呗，试试。"

段多多拿胳膊肘推了推简小执："他就是新来的？长得还挺帅的。"

简小执莫名其妙地看一眼段多多："你眼睛进板凳了吧？这黑咕隆咚能看清楚五官？"

段多多从书包里翻出两包"唐僧肉"，把其中一包丢给简小执。

"你可吃点东西闭上你的嘴吧。"

看着这熟悉的红色包装袋，简小执无声哇了一下——这味道，她可想念惦记得不行啊！

简小执她们坐在第一排，看得清清楚楚。

"老规矩，还是 11 分制比赛啊。"教练喊了一句，"开始！"

首先是队长陈刚发球。他跟要给对面的人下马威似的，第一球就打出了抽球，戚亮都没反应过来，球就已经落地了。

"不愧是陈刚！"段多多眼睛里冒星星，"他最擅长用这种旋转球攻击对手！"

"而且击球力度也挺强的吧？"简小执坐直身子，认真不少。刚才那一球落地时，简小执都能感觉到乒乓球热了。

"1：0！"

陈刚对戚亮笑了笑，十分挑衅。

戚亮也笑。

到了戚亮发球的时候，形势立马逆转。

戚亮没怎么动弹，只见陈刚左右换位置接球，看起来完全是戚亮在牵制陈刚。

这个陈刚虽然很有攻击力，人高马大的，但与此同时，他的身体也会更重，脚步就会弱化。当戚亮左右分散发球时，陈刚就只能尽力接球，就没办法打出他擅长的抽球。

厉害，就这么一会儿，戚亮就看穿了陈刚的弱点。

简小执回头看了一眼，果然围观群众都聚集起来了。

再一看身旁的段多多。

她连零食也忘了吃，脑袋就跟着乒乓球来回动，生怕漏看一个细节。

赢定了。

戚亮已经知道结果了。

他嘴角笑意加深，余光看见简小执正在场外看。

不仅如此，她位置还在第一排。

看来很早就来了嘛。

戚亮点点头，确定了：隔壁住着的简小执就是自己的粉丝。

看着自己的名字在排名表第一位，戚亮满意地拿食指点了点排名表。

"戚亮！我会赢回来的！"

陈刚的声音从身后传来。

"那我等着。"

戚亮捡起地上的书包，单肩背好，手拿着拍子，一边颠球，一边往外走。

到了学校门口，他看见简小执坐在花坛边儿，手里拿着两瓶北冰洋。

她递了一瓶给戚亮。

"今儿狂大发了。"简小执打趣。

"还行吧，不算太狂。"戚亮眯着眼笑，几口把北冰洋喝完，接着把乒乓球拍收进书包里，再把书包丢自行车前车筐内，长腿一跨，上了车，回过头对简小执扬扬下巴，"走吧，邻居。"

简小执蹦上车。

"你是不是不知道我名字？"

"知道啊。"

"知道你不叫名字？"

两人声音飘远。

一整片天空都是金黄色。大片的云闪着金光，中间则是厚沉沉的粉色，鸽子群飞过天空，路边座椅上也反射着光亮，这是灿烂的黄昏。

晚上回家，魏芊芊做了糖醋鱼，招呼正在院里洗自行车的戚亮给简小执家送去。

"我洗车呢！"

"你那破自行车一天洗八百遍，干脆别骑供起来得了！"魏芊芊一点情面不留，"赶紧的啊！一会儿鱼凉了该不好吃了。"

"啧。"

戚亮不情愿地站起身子，趿拉着鞋，慢吞吞地挨到厨房，端着鱼，又踢踏着步子，慢吞吞地往外走。

"脚不能好好走路，我就给你剁喽！"

啧。

戚亮无奈地叹口气，步子倒确实轻快起来。

路上遇见正好出院儿门的简小执——她手里端着一盘西瓜。

他问："上哪儿去啊？"

"去你家，送西瓜。"

"那刚好，咱俩互换一下得了。别跑了。"

简小执求之不得。

两人都不乐意跑腿。

魏国义见简小执端了一盘鱼回来，高兴得不行，说戚亮妈妈这一家子不错，是个好相处的。

"哎呀，这鱼是真不错。"

魏国义咂咂嘴，看简小执在那儿吃得狼吞虎咽。

"你慢点儿，小心鱼刺。"

"哎呀，知道！"简小执动作不停。

她吃鱼的方法很简单，就是一口塞进去，咂摸咂摸味儿，然后囫囵吐出刺来，但刺上还沾着不少鱼肉。

相比之下，魏国义的鱼刺剔得干净多了，上边一点剩下的鱼肉都没有。

他不禁教育起来："你吃仔细点儿，怎么浪费粮食呢。"

"我吃个鱼，您怎么也管啊！"简小执不耐烦。

"我是你姥爷，我不管你谁管你？"

"我自己管自己成吗？"简小执把筷子放下，有些生气。

眼看两人大战一触即发，戚亮从围墙上冒出个头。

"姥爷，这是您家西瓜盘儿，还给您。"

简小执站起来，接过果盘。

再回去，这架自然也吵不起来了。

魏国义咳了咳，对戚亮道谢："谢谢啊，这糖醋汁儿调得刚好。"

"您爱吃就好。"戚亮笑着说。

简小执看看戚亮，又看看魏国义，再一看魏国义眼中那毫不掩饰的对戚亮的欣赏。

她觉得事情不简单。

戚亮也没多个鼻子多只眼啊，还黑咕隆咚的，怎么姥爷这么稀罕？

肯定是另有所图。

尤其之后几天，每次简小执回家，都看见戚亮妈妈在自家院里，和魏国义聊得那叫一个高兴。

简小执震惊了。

她回到自己屋里，面前摆着数学卷子，手中的笔在草稿纸上来来回回。

一道题没算出来，但是生活的困惑却慢慢有了答案。

——不是吧，黄昏恋？

——和魏婶？

——啧啧啧，老不正经。

晚上在院里乘凉。

魏国义照例躺在藤椅上，脚边点着一盘蚊香，茶几上摆着收音机，正在放《牡丹亭》。

简小执拿着蒲扇在墙角扑萤火虫，玩累了，蹭到魏国义身边。

"姥爷……"

魏国义一听简小执这乖巧得不得了的语气就头疼，肯定又有什么幺蛾子了。

"怎么？"

简小执深呼吸一口气，开始暗戳戳套话。

魏国义脑瓜子越来越疼，打断简小执前言不搭后语的问话。

"你这水平，套不出别人的话，不如直接问，好歹显得你气势足。"

"行。姥爷，您是喜欢魏婶吗？我先表明我态度啊：我支持您，老年人也能追求爱情。"

那天晚上，隔着墙，戚亮都听见了魏国义的骂声。

第二章

她的睫毛
MoliHutong

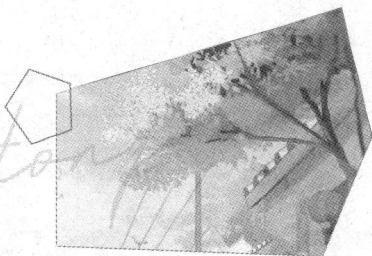

2005 年 6 月 30 日

天气：雨一直下，恰如我的泪一直流。

太惨了。

真的太惨了。

我只能说，学渣的高中生涯没有尊严。

这次分科分班考试下来，拿到成绩单的一刻……

虽然早就知道自己没学习的天分，可是也没料到能这么

没天分啊……

这边黄昏恋没捋明白，那边老爸带着沈阿姨来了。简小执从没

见她爸这么开心地笑过，虽然这么说不太恰当，但她爸简晁辉脸上的笑和鞍前马后的样子，老让她想起一只摇尾巴的狗狗——绝对的顺从和热情，眼巴巴地看着沈阿姨。

不过沈阿姨倒也确实担得起这份眼巴巴。

她温柔极了，提着好几袋补品，不仅如此，还给简小执买了好些好吃的。

简小执拿着好吃的，乖乖地坐旁边看戏。

果然，没安生三分钟，魏国义就和简晁辉大吵了一架。

准确来说，是魏国义单方面噼里啪啦训了简晁辉一顿。

"别以为我不知道你脑子里在想什么。色迷了眼，真假是非都分不清了。

"你走可以，想再结婚也可以，把简小执留下。"

简小执听到这话，一口果冻差点儿呛死自己。

心想，这搞什么啊，老爸都再婚了，结果姥爷居然还想把她绑在身边。

接下来，该姥爷当着沈阿姨和老爸的面儿把院子给她了。

但是，她不敢要。

简小执噌地站起来，给了尴尬沉默的大人们一个转移注意力的机会。

"我去找戚亮玩，他说有作业不会，要问我。"

"小执成绩很好啊，还可以辅导别人家孩子作业。"沈阿姨摸了摸简小执的头。

魏国义一下没绷住就乐了。

简晁辉也一脸一言难尽的表情。

简小执说完就意识到自己这借口也太"借口"了。

没办法，她只能硬着头皮装下去："是啊，马上要分科了，也快要考试了，我想着同学互帮互助，一起复习还……还挺好的。"

她好不容易逃了出去，走到戚亮院前，拍门。

戚亮不在家，去队里训练了，是魏芊芊开的门。

她见了简小执也没好脸色："我最近可没往你家里跑了啊。"

简小执尴尬得不行。

"误会误会。我就稍稍动了下那么个念头，现在冷静了，知道自己错得多离谱，我姥爷多大年纪了，您跟他不可能，不可能。"

魏芊芊哼一声，把简小执放了进去。

她洗好葡萄端出来，见简小执没好好坐着，而是耳朵贴着墙听自己家动静。

"这是怎么了呢？"魏芊芊问。

简小执挺哀愁，可怜巴巴地看着魏芊芊。

"婶儿啊，以后这院里应该就我和姥爷两人了。"

"胡说，你爸今天不还带一个阿姨回来了吗？"

简小执摇摇头："他俩成不了的。"

魏芊芊以为简小执在怪魏国义顽固，正打算劝，就听见简小执以一种超乎同龄人的苍凉语气，冷静地说道："沈阿姨是冲着我姥爷这院子来的，一旦她知道姥爷不可能把院子给她，她立马就走人了。然后，我爸也会被姥爷给气着，他也会走。反正最后只有我跟我姥爷被留在这里。"

魏芊芊嘴硬心软，看起来泼辣凶悍，其实豆腐心肠，刚刚明明对简小执还没好脸色呢，现在一看她这低头耷脸的样儿，立马就母爱泛滥了。

"没事，以后你还有魏婶和戚亮呢。"

简小执叹一口气，有点儿难过地点点头："好。"

魏芊芊不知道这丫头脑子里在想什么，就觉得她表情看着挺招人怜的，但也不知道该说什么，于是拍了拍简小执的头，揪了颗葡萄给她："吃葡萄。"

两人坐着，安静得不行。

与此相对的，就是隔壁院里发生的事情，她们听得一清二楚。

"这院子你想也别想！我连公证人都找好了，一会儿公证人来了，把简小执叫回来，这院子给她不给你！"

简小执不敢回去。

她脑袋一转，跟魏芊芊打商量："魏婶，一会儿能不能让我藏这儿啊？"

"怎么的呢？"

"我不想让姥爷找着我。既然我爸和沈阿姨那么想要那院子，就给他们吧。"

魏芊芊不答应。

不仅如此，她还分析，相比那沈阿姨，肯定是简小执对院子感情更深，简小执也能更好地爱护。再说了，是魏国义决定给简小执，要是简小执不答应，还把这院子给了沈阿姨，魏国义那脾气还不得气死。

简小执茅塞顿开，反应过来，她虽然改变不了姥爷，也改变不了姥爷的选择，但她能改变自己啊。

她能做的，不是躲避院子到她手里，而是自己努力，守住院子。

触类旁通，简小执决定抓住机会，好好学习。

快要分科分班考试了。

这次考试就好好复习，每一科都好好复习。

最后靠成绩决定学文还是学理。

魏国义看最近简小执学习很用功，心里头十分欣慰，为了给参加分班考试的简小执鼓劲儿，还特意说做顿大餐，给她长志气。

简小执之前误会戚亮妈妈跟自己姥爷搞黄昏恋，挺不好意思的，于是爬墙头上支棱个脑袋问戚亮："晚上过来吃不，我姥爷为了鼓励我分班考试，说晚上做黄焖鸡，但是还没有买鸡。"

"那……买了黄焖？"戚亮试探性地问。

"哈哈哈哈哈哈哈哈哈！"

简小执乐得不行，指着戚亮手里的剪刀。

"你这剪的啥啊，茉莉花开完了不是这么剪的。你这么操作下去，这茉莉以后形状不好看。"

戚亮看向简小执："那你来？"

简小执把头从墙上缩下去。

然后，戚亮就听到简小执喊了一声："姥爷，我去魏婶家玩！"

没几秒，戚亮家的院门就被推开，简小执一边蹦过来，一边还挽袖子："来来来，姐姐教你生活常识，不然出去说咱们茉莉胡同人不会剪茉莉，那可真是丢脸丢大发了。"

戚亮重点抓得十分妙："你是谁姐姐，我比你大好吧。"

喊。

她懒得跟戚亮解释，主要也是解释不清。

简小执咔嚓剪掉一根茉莉花枝，使唤戚亮："愣着干吗，去把垃圾桶搬来啊。怎么干活儿没点眼力见儿呢！"

德行。

戚亮翻了个白眼。

吃完饭，简小执留在戚亮家院子里看电视，正在播放《仙剑奇侠传》。

她问："你说李逍遥是喜欢赵灵儿还是喜欢林月如？"

戚亮清清嗓子，正要详细分析。

魏国义背着手来了。

"还看电视？要考试了不知道吗？人家魏婶不赶人你就真的一点不自觉啊？人家戚亮也得学习啊！"

"戚亮学个屁，他看课本三分钟能熟睡到天亮。"魏芊芊一点面子都不留。

戚亮挠了挠脑袋，为自己辩解："我有个人跟着一起学，就不困了。"

"那咱俩刚好一起学呗，有啥不懂的还能一起研究研究。三个臭皮匠顶个诸葛亮，咱两人好歹半个诸葛亮了，对付高一考试还不绰绰有余？"简小执提议道。

半小时之后。

两人互相趴在桌子的一侧，睡得格外香甜。

魏芊芊想着两人学习辛苦了，切了盘西瓜过来，推门看见两人这情形，当即就怒了。

"你们学什么习？跟周公学啊？"

周公，哦不，老天爷做证，一开始他俩真的是在认真学习，关键是谁也不会，问对方都是一脸蒙，两人哪是学习啊，就是来表演四目相对各自茫然的。

这么下去也不是办法。

最后两人一合计，一人拿着块西瓜，趿拉着拖鞋，另一只手拎着卷子课本，去隔壁胡同找张木棍——他成绩好。

张木棍也在复习。

院子里点着灯，张木棍搬着小板凳坐在小桌子前边，正在草稿纸上写什么东西。

"木棍儿！来，我俩不耻下问来了。"

刚一走进院子，简小执就开始吆喝了，生怕别人不知道她是来正经学习的。

"你可闭嘴吧，不耻下问不是你这么用的。"张木棍头都大了，"还有，我叫张林昆。"

小时候刚学写字，偏旁部首大小排列都十分均匀，直接导致他小学一二年级写名字——张林昆——看着都像张木棍。

简小执挥挥手："哎呀，细节，不重要。"

她特自然地搬着个小板凳坐在张林昆身边，招呼戚亮："过来一起坐呀。"

张林昆问："哦，他就是新搬来你家隔壁的那个？"

"什么那个，人家有名字——戚亮。"

张林昆挺不开心："人家名字你叫得好好的，怎么对我就随便改名儿？"

简小执一脚招呼过去。

"你们好学生真磨叽，放个屁都得脑子里先演化三种播放方式吧？"

戚亮乐了。

他拿着作业本，走到简小执身边，蹲下。

简小执食指叩了叩桌子，眼睛看着张林昆："你这主人怎么当的，没有板凳也不知道搬来，就这么看人蹲着啊？"

张林昆要冤死了——她不一直主张自己动手丰衣足食，从来没把自己当客人过吗？怎么到了戚亮那儿，她就这么讲究？

张林昆不耐烦地站起来，从屋里搬出小板凳，没什么好脸色地递到戚亮身边："喏。"

这边刚弄完，简小执又有话发表了。

"这桌子也忒小了，你一个人用还行，现在咱仨，挤这么个小桌子，不知道的以为胡同老头儿下象棋呢。"

张林昆一拍桌子："你是来学习还是来当祖宗的？"

简小执蔫儿了。

这不是一想着要学习就心情沉重，于是想拖延点时间嘛。

她往戚亮那儿靠了靠。

"你们好学生真没耐心……"她瘪瘪嘴。

蚊香一圈一圈地燃着，白烟飘起来又散开。

可偶尔还是有不怕死的蚊子来人身上凑，简小执反应特快，"啪"一巴掌打在戚亮手臂上。

"哈！你看这只蚊子！吸你好多血！"简小执把手掌心伸出来，

蚊子的尸体周围一圈血。

戚亮揉了揉手臂，简小执下手忒狠了，蚊子打死了，他的手也麻了。

张林昆端着一盘西瓜出来，看见的就是戚亮和简小执凑在灯底下研究打死的蚊子到底有几只腿。

张林昆脚步一顿，这两人其实打心底也不是很乐意学吧？

"你俩书看完了吗？有什么不懂的？"张林昆把话题拉回到学习上来。

简小执拿了两块西瓜，一块递给戚亮。

她一边吭哧吭哧啃着西瓜，一边沉重地指着练习题。

"电压电流表无示数，你能给我讲讲吗？"

张林昆说："电压表方框以外发生断路，电压表方框以内发生短路，电流表方框以外发生断路，电流表方框以内发生短路。这没什么讲的，背了就行。不过，这些不是初中就学过吗？"

简小执挺无奈。

"初中老师说：'这个到高中的时候，你们老师会跟你们讲的。'到了高中，高中老师说：'这个你们初中老师应该已经讲过了。'这我到底听谁的啊？"

戚亮十分有同感地点点头。

"对了，你们好学生是怎么——"

简小执话没落地，张林昆先打断："一晚上好学生来好学生去，我听着怎么这么不像好话。好学生不是人啊？"

"好学生有时候是挺不像个人的。"简小执说。

戚亮又十分有同感地点点头。

张林昆快被这两人烦死。

"赶紧吃！吃完复习。"

盼望着，盼望着。

分班考试终于来了。

考试那天早上，简小执仪式感特足地去早点铺点了碗豆汁儿，配上焦圈和咸菜丝，戚亮在对面对着吸溜炒肝儿，两人表情都十分严肃。

"准备好了吗？"简小执问。

"时刻准备着。"戚亮答。

"行。走吧。"简小执郑重地站起来，"奔赴战场去。"

"嗯。"戚亮也郑重地点点头。

第一堂考语文，简小执写完总觉得自己作文偏题了，但又觉得揣摩一下也不算偏题。

她现在就盼着阅卷老师能像她一样，多揣摩揣摩。

每一堂考试结束后，大家都围成一堆对答案。

简小执以前对这种事情嗤之以鼻，但这次她可能是认真复习了的缘故，破天荒凑到对答案队伍里去了。

学习委员掌控全局，说："我找黄老师要了选择题答案。"

于是一圈人都抬起了手掌，上面不约而同都写着自己的选择题答案。

"ACBAD，BBABB。"

班长惊呼道："哎呀！错了一个，固体和液体压强那个，我又记混了，固体先压力后压强，液体先压强后压力……"

简小执震惊——确定答案是对的吗?

她只对了两个。

这不科学啊!

这回她这么认真复习了啊!

简小执困惑地问:"不是,那第三题,坐在匀速行驶的汽车里,受到几个力的作用,为什么是两个力啊?"

"匀速行驶水平方向合力为零,人不受摩擦力,水平方向没有力,人在竖直方向合力为零,所以在竖直方向受两个力的作用。"学习委员回答道。

简小执咽了下口水。

班长看着简小执茫然的样子,帮忙解释道:"就是重力和支持力。"

"可是,你看啊,这个方向盘的力,挂挡的力,手刹的力,万一前面有个坑,我踩刹车的力,万一前面有个坡,我轰油门的力,再加上我安全带的力……这么多,杂七杂八加起来怎么说起码也得有五六个力啊!

全场寂静。

简小执嘴角扬起邪魅的笑。

看我考虑问题多周全!

学习委员怜爱地看着简小执,拍了拍她的肩:"上课是不是没听啊?老师说了,得看理想情况啊。"

简小执卒。

崩盘的不只是物理,接下来的生物、化学、英语、数学、地理全线崩塌。虽然成绩还没出来，但是简小执走出考场就已经预料到了结局。

简小执彻底绝望了。

学文吧。

虽然地理不怎么样，但是好歹政治和历史她有五十多分呢，算起来是考得最好的科目了。

魏国义是个军人，这辈子就遗憾自己文笔不好，一听简小执要学文，当即同意："好好，学文好，将来写文章，一看就读圣贤书。别学理科，那股子洋玩意儿。"

戚亮放学后留下训练了，现在才回来，单肩背着书包，手里拎着块荷叶甄糕。

他刚一进茉莉胡同，就看见简小执坐在自家院子门口发呆，问："干吗呢？"

戚亮把荷叶甄糕给简小执。

"你选文还是选理啊？"简小执接过荷叶甄糕，咬了一口，问戚亮。

戚亮应该是选的理科，所以决定选文的简小执现在才这么惆怅。

"唉！"简小执叹了口气。

"怎么了？"戚亮并排坐下，"你选什么啊？"

"我选文。"简小执觉得荷叶甄糕都不香了。

她扭头看着戚亮："咱俩得分别了。"

"我当什么呢，你怎么知道我就选理了？"戚亮说，"我那成绩选什么都一样。"

简小执眨了眨眼："所以？"

"所以，我跟你一起选文呗，指不定咱俩还能分一个班呢。"

简小执突然觉得手里的荷叶甄糕好吃了不少。

她傻呵呵地乐："那如果我选理呢？"

"我就跟你一起选理呗。"戚亮站起来，"多大的事啊，你搞得跟奥运会取消了似的。"

晚上，简小执心情特好，逗了会儿鹩哥，算了下时间也有一周多了，于是她接了一盒子水，放进鸟笼里，鹩哥自己就进去蹦跶洗澡了，拿嘴梳理，啄自己的羽毛。

这下鹩哥心情也好了。

魏国义下完棋回来，鹩哥主动开口说了句："欢迎回家——欢迎回家——"

魏国义喜笑颜开，他本来输了棋心情正郁闷着，现在他心情也好了。

院里欢声笑语，传到隔壁，戚亮和魏芊芊走路也带着笑。

成绩陆陆续续地下来了。

高一（九）班这一回英语考得特别差，平均分落二班 17.9 分。

九班班主任姚春霞就是英语老师，这还得了。

当天下午直接留堂，全员乖乖坐着挨骂。

"难的单词不会，会的单词又拼错，这说明什么！还是知识点掌握得不牢！平时让你们听写个单词，个个费劲得不行，脸拉得比谁都长，别以为我不知道你们私底下怎么骂我的，你们以为我乐意啊？你看我稍微管得松了一点，你们这成绩，啊？！"

姚春霞一拍讲台。

"都给我安静想想自己到底是来学校干什么的！"

一时间，教室里安静得别说针掉了能听见，就是谁头皮屑落地感觉都能听见声儿。

戚亮从后门探出个脑袋，悄声问坐在最后一排的简小执："干吗呢你们班？不走啊？"

简小执看了一眼姚春霞，心里慌得不行，赶紧给戚亮使眼色，让他先走。

戚亮会意，比了个"OK"的手势，将脑袋缩回去了。

紧接着，简小执就听见戚亮在走廊吹了声响亮的口哨。

"简小执是猪！走喽！"

教室内的简小执气得身子发抖，已经不敢抬头看姚春霞的脸色了，手紧紧捏成拳，暗自下决心：看来今晚上必须跟戚亮决一死斗了！

这人太欠了！

什么毛病！

怒气冲冲的简小执一路杀回茉莉胡同，自行车快蹬成风火轮，眼睛里闪着火花。一进茉莉胡同，她直奔戚亮家，车都来不及停好，随手靠放在墙上。

她一巴掌拍开院门，大喝一声："戚亮！你属狗啊！"

戚亮鞋都不穿了，从躺椅上蹦起来，急匆匆就往屋里跑。

"你还敢跑？你给我站那儿！"

简小执一边喊，一边追戚亮。

戚亮心跳速度五十迈，紧张刺激得不行，窜回自己屋子，关上门，直接落锁。

"你把门开开！"紧随其后的简小执拍门。

"想得美！"戚亮这下觉得自己安全了，大松一口气，也有心思逗简小执了，他闲闲地瘫倒在床上，呈大字形，舒服极了。

门外，简小执喊："我数到三。"

门内，戚亮悠悠回道："有能耐你数到一万。"

简小执不说话了。

戚亮翻个身，笑得特开心。

"你知道为什么那么多武林高手最后都战败吗？因为他们出招之前，声音吼得比谁都大，没等出招呢，敌人就知道了，那能不防备吗？"戚亮从床底下翻出一本杂志，一边懒懒地翻着，一边语重心长地教育简小执，"你看你刚才也是，你要是不吼那一声，偷摸窜到我面前，直接逮我，指不定现在你已经得手，骑在我身上开打了，但是你沉不住气啊，你人没到，声音先到，我又不傻，我能不跑吗——"

话没落地，戚亮突然觉得后背一沉。

简小执已经骑在他背上了。

"是吗？"简小执阴森一笑。

戚亮骂了声脏话："你怎么进来的？"

"姐姐我在这片胡同里住这么久，房屋结构比你熟悉多了，你门锁了，窗户可还开着的呢。"

戚亮翻身就要逃，简小执膝盖顶着他的背，手压着他后脖子。

"我错了。"戚亮挣了两下，发现简小执劲儿用得巧，一时之间，他居然还挣不开。

"谁是猪？"

"我是，我是猪。"

"以后还要不要这么嚣张？"

"不了不了。"戚亮翻了个白眼，男子汉的尊严反正都没了，那干脆就没得再彻底一点，"我以后一定对你唯命是从，你说去哪儿我就去哪儿，你让我跑腿我绝对不骑自行车……"

简小执乐了，劲儿一松。戚亮找着机会一使力，右腿一蹬，左手一推。

情势立马逆转。

简小执都没明白发生了什么，人已经被戚亮压在了身底下。

戚亮眼睛里像是闪着光，嘚瑟得不行："你跟体育生比谁力气大？"

简小执弯起眼睛笑了笑。

紧接着，戚亮手臂内侧就传来钻骨的疼痛。

"你属狗啊！怎么还咬人呢！"

院里石榴树已经有小果子了，颜色青翠，蒂尖儿跟果子一样大小，看着像一颗一颗的糖果结在树上。

魏芊芊在石榴树底下洗杨梅，听见屋里两人的闹腾声，无奈地摇摇头。

戚亮郁闷得不行，他现在觉得简小执就算是自己粉丝，也未免过于了解自己，弱点、短处、防守薄的地方，她一拿一个准，他长这么大，还没接连吃过这么多亏呢。

吃饭的时候，戚亮心疼地吹了吹自己的左手臂——那儿赫然一圈深深的牙印。

"妈，我手伤了，写不了字，学不了习了。"

魏芊芊都懒得听："少来。"

"真的！你看！"

"你用左手写字啊，我怎么不知道？"

戚亮蔫了。

简小执赢了戚亮，心里高兴又畅快，走路带风，颇有大哥风范地回了自己院子。

"姥爷！我回来了！"

魏国义正在院子里甩一个七层的跟个大陀螺似的东西。

"这是什么啊？"简小执蒙了。

"空竹啊，你许大爷说他做的这个七层的空竹，没人玩得起来。这话我一听就不乐意了，这不借回来试试吗？"

"您可别摆弄了，一会儿再伤着自己。"

魏国义不在意，下巴点了点厨房："饭菜焖在锅里呢，自己拿碗盛去。"

"得。"

简小执吃着饭，魏国义在那儿玩空竹，没空搭理她。

简小执吃完饭，没趣地又溜达去戚亮家院里了。

戚亮和魏芊芊也正在吃饭。

"怎么，来跟我道歉了？"戚亮问简小执。

简小执翻个白眼："大白天做什么梦呢。"

简小执跟到了自己家似的，盘腿坐到凉席上，手托着腮，叹了口气。

不出意外的话，明天该公布成绩排名了，到时候又是一场血雨腥风。

魏芊芊往简小执嘴里塞了个烧饼。

"小小年纪，叹什么气。"

"唉，您哪懂我花季雨季的哀愁。"简小执摇摇头。

"啧。"

魏芊芊听得烦，招呼戚亮收碗，懒得在这儿听简小执磨叽。

第二天，成绩果然下来了。

简小执考得那叫一个烂。

那名次可真是一人之上，万人之下。

魏国义听完还缓了一下才反应过来，说："考个倒数第二，你给我骄傲个什么劲儿？"

他气得吹胡子瞪眼："给我把黄焖鸡吐出来！"

隔壁戚亮也不好过。

俩学渣一个被追着打，一个被撵着骂，郁闷得不行。

两人在胡同口悲摧地望着月亮，结果看见补课回来的张林昆。

简小执一猛子蹦起来，几步冲过去，手揪住他的书包，跟看见救星似的："张木棍，救救我吧，帮我补课吧。"

现在，她是真的知道学习的重要性了。

"谁是张木棍？我叫张林昆！"张林昆又一次炸毛了，"平时就算了，现在求我办事还敢叫错名字？"

"得，得，张林昆，"简小执敷衍地点了点头，"你这次考多少啊？"

说到这里，张林昆一下子就难过了。

"这次考得不行，17名。"

简小执和戚亮对望一眼。

简小执心想，自己考 47 名，跟木棍儿好像也就差个 30 名？

欸，心情一下子奇异地好了很多。

"我立马回去跟姥爷说不止我考得差，张木棍考得也不咋的！"简小执说完就要走。

戚亮心里也窃喜，但是他面子装得足一点，好歹是胡同新人，初来乍到的。

于是，他拎住简小执，不让人这么没礼貌。他点点头，和善体贴地说："没事，下次努力就好了。"

张林昆感激涕零："嗯嗯！下一次我绝对超过那群人，尤其是要超过裴树生，勇夺年级第一给我茉莉胡同找回面子！"

戚亮手一顿。

简小执身子一停滞。

她弱弱地问："你这个 17 名是年级排名？"

"那不然？班级排名还有什么可说的。"

沉默。

双倍沉默。

"行，你走吧。"简小执疲惫地摆摆手。

戚亮也疲惫极了。

合着学渣还是只有他俩。

俩学渣垂头丧气地往回走，心里莫名其妙有种惺惺相惜的感觉。

学习不行，那必须得有个别的一技之长，不然以后真的不好混。

简小执对着镜子左右看半天自己。

044

到底擅长什么呢？

简小执琢磨半天没琢磨出来，听见外头划过鸽哨的声音。

她想起张林昆的爷爷——张骥合——坐那儿刻鸽哨的样子。

她突然脑袋瓜子一亮。

欸！雕刻！

姥爷不在院里，估计又出去搞那七层的空竹去了。

简小执现在心里那个激动，就得找人说道说道，刚巧看到急匆匆出院子的戚亮。

她拦住他。

"你能帮我做个重大的决定吗？"

"比我急着上厕所还重大吗？"

简小执让戚亮先去，然后她就坐院子门口，托腮等戚亮回来。

"你有没有想过未来？"简小执很深沉。

"想过啊。"

"哦？说来听听？"

"乒乓球啊，我就会这个，这辈子应该都离不开了。"戚亮耸耸肩，"现在想好好训练，好好打比赛，之后的事情之后再说吧。"

"我以为你跟我一样是个没有追求的学渣，我忘了你是体育特招生了。得，那我不跟你做人生导师了，你先来做做我的。"

简小执问戚亮："你觉得我去学雕刻这事靠谱吗？"

"靠谱啊。你拿橡皮刻的猪，刻得多像啊！"

简小执这一下信心十足了。

于是，她吃过晚饭就去张骥合爷爷那儿拜了师，说要正式开始学雕刻。

张骥合当她是闲着没事闹着玩，不怎么上心，叫她写了个"永"字，看完眉头一皱。

"你这字写得也太丑了，我家狗用爪子画的也比你的字好看。雕刻跟书画不分家，你先拿字帖练着，练好了再说下一步。"

于是这个暑假，别的孩子要么背着书包上辅导班去，要么就玩得忘乎所以，就简小执整天拿着本字帖，摹得特认真。有时候吃饭拿着筷子呢，她突然就开始在桌上比画，魏国义一问，得知是她看见碗底的字了，下意识就照着开始描。

这份诚心感动天，感动地，感动了西伯利亚的冷空气，唯独没有感动魏国义。

他全程冷眼旁观的态度。

又不是第一天知道简小执，她每回干个什么事，开头架势都很足，没几个月，有时候就几周、几天，然后就又恢复原样了。

雕刻对她来说，做个爱好还行，一旦真拿它吃饭——不行，绝对不行。

魏国义哼一声："你这就是不想学习，纯粹的逃避行为。"

简小执翻了个白眼，这话挺让她烦的。

"您又知道了？"

"少来这套，你什么样儿，我比谁都清楚。赶紧看书去，少在这儿搞这些名堂。"

"我是真心想学雕刻！"

"你的真心太多了，我可信不过。"

"啊啊啊——"

简小执要烦死了。

她拿着字帖，跑到戚亮家院里。

　　她直奔戚亮房间，一见面，就把字帖狠狠地扔桌上，然后整个人大字形躺倒在床上，头埋在枕头里。

　　"我要被我姥爷给气死！怎么就说不通呢！"简小执捶了一下床板。

　　戚亮怒道："下次进来前敲个门成吗？"

　　简小执无奈道："我没跟你闹呢，我真的搞不懂我姥爷到底在想什么，他怎么就不相信我呢？

　　"虽然，我从小到大一直是三分钟热度，但是我喜欢雕刻这事他又不是第一天知道，我现在专心学了，他居然开始反对了，你说说，这是什么解题思路？"

　　"正常大人的解题思路吧。"戚亮坐在床边，抓住简小执在空中乱蹦跶的小腿，"手艺人都很累的，偷不得懒，混不了，就全凭本领说话，赖不得账，凑不了热闹，搞不好还一辈子清贫。谁希望自己孩子吃这苦。"

　　简小执逐渐消停了。

　　戚亮拧开风扇，给简小执搭上毛巾被。

　　"我喜欢打乒乓球，但是一旦每天都打乒乓球，生活每个方面都跟乒乓球有关——其实，说句实话，有时候还挺烦的，有段时间，我一见乒乓球就恶心。我都这样，更别说你了。"

　　戚亮拍了拍简小执的头。

　　"但是挺过那段时间，休息调整一下，就又能坚持下去。总的来说，我觉得姥爷没错，你也没错。反正吧，关键还是在于你自己怎么想的，你要是决心下好了，谁说什么也没用。"

简小执闭上眼睛，认真想了想。

想着想着，她就睡着了，醒来时天都有点儿暗了。

她一看时间，晚上七点半。

她睡了一脖子的汗，趿拉着戚亮的拖鞋，蹭到院子水池边，拧开水龙头，给自己洗了个脸，清醒清醒。

没什么效果。

简小执坐在台阶上，天色迷蒙，黄昏像水一样漫开，石榴树的叶子安静垂着……她又开始头点地，打起瞌睡。

"你都睡一下午了，怎么还困成这样？"戚亮从厨房出来，手里端着一篮子蔬菜，是要来水池边洗。

"别提了，越睡越困。"简小执索性头靠在戚亮腿边，怪天气怪季节，"夏天真让人犯懒。"

戚亮嫌热，晃开简小执的头。

"你冬天也会这么说的。"戚亮走到水池边，先洗了根黄瓜，掰两半，一半叼自己嘴里，一半递给简小执。

"对了……"简小执说话含混不清的。

"什么？"

"我说，周杰伦要来工体开演唱会，你想去吗？"

戚亮关上水龙头，端着篮子往厨房走，路过简小执，有点同情地看着她："你能抢着票吗？"

呵，笑话！

简小执从裤兜里掏出两张票。

"我就问你，想去吗？"简小执嘚瑟地晃晃手里的票。

7月9号。

演唱会前下了会儿雨，简小执紧张坏了，生怕因此取消演唱会。

幸好雨就下了一会儿。

也得亏这场雨，夏天本来的燥热一扫而光，空气清新很多，微风打在手臂上，还有丝丝的凉意。

简小执分给戚亮一个荧光棒，拉着他走到座位。

"一会儿你可能会见到我癫狂的一面，你做好准备。"简小执说。

"合着我平时见到的你是正常的一面啊？"戚亮惊恐地反问。

天色渐渐暗下来，演唱会正式开始。

第一首就是《以父之名》。

庄重的背景音乐缓缓响起，大屏幕上出现了教父祷告的场面，意大利文祷告响起，然后就是一段女高音唱的歌剧咏叹调《拉美莫尔的露琪亚》，背后的大屏幕依次闪过意大利教堂、十字架墓地画面。在红色帷幔的包围中，周杰伦一袭黑衣，背负着巨大的红色十字架，从天而降。

"啊啊啊——"

简小执和周围粉丝一起疯狂尖叫。

戚亮耳朵当场轰鸣。

他揉了揉耳朵，手稍稍遮住耳朵，偷摸测试自己还能不能听见声音。

这时，简小执一把拽过他的手："快看！快看！周杰伦！活的！啊啊啊——"

戚亮想抽回手，结果简小执拽得死紧，后来她冷静了，松开手之后，戚亮清晰地看见了自己手上的红印子。

他有些心疼地吹了吹自己的手，这可是未来奥运冠军的手啊，就这么被简小执给掐了。

简小执才不管这么多，现在唱到《她的睫毛》了，全场粉丝——当然也包括简小执——挥动着荧光棒，跟着周杰伦一起合唱。

> 她的睫毛 弯的嘴角
>
> 无预警地对我笑
>
> 没有预兆出乎意料
>
> 竟然先对我示好
>
> 她的睫毛弯的嘴角
>
> 用眼神对我拍照
>
> 我戒不掉她的微笑
>
> 洋溢幸福的味道
>
> ……

戚亮耳朵边全是简小执的歌声。

不算好听。

与其说是唱，不如说是在吼。

不过，这次戚亮十分清楚地听到了歌词。

要知道，在以前，他从来就没把周杰伦的歌词听清楚明白完整过。

戚亮转头看简小执。

简小执察觉到他的目光，对他笑了一下——

嘴角弯弯，眼睛像月牙。

"唱啊！"简小执很激动地对他喊道。

戚亮眨了眨眼，突然别扭而生硬地直接转过头了，低声骂了句脏话。

他捂了捂自己的胸口，怎么心跳得有些快？

演唱会结束。

在回茉莉胡同的途中，简小执还在兴奋之中，脸红扑扑的，在那儿继续哼《七里香》，哼到一半，发现戚亮今天异常沉默。

"你怎么了？是不是沉浸在我们杰伦的歌声和魅力里了？"简小执笑嘻嘻的，"别害羞，很正常，我们杰伦的魅力就是如此——"

"简小执。"

戚亮突然停下脚步。

简小执莫名其妙地看着他："怎么了？"

你能不能再对我笑一下？

这话到嘴边了，他却说不出来——这话也太怪了。

"没什么。"戚亮晃晃脑袋。

"啊，我知道了。"简小执一副过来人的样子，想伸手拍拍戚亮的头，发现两人身高差距不是一点点，于是只好退而求其次，拍拍戚亮的肩，"青春期的懵懂和伤感是吧，没事，睡一觉就好了。"

"傻瓜。"

"戚亮你属狗啊？我好心安慰你呢！"

夜风吹拂树梢，星星在枝头闪耀，窗外麻雀都睡了，院墙上攀附着绿色植物藤，虫子睡在叶子上，吱吱叫唤。小猫灵敏地蹿过巷子，不远处时不时传来人家的争吵和笑声。

张林昆坐在屋顶上乘凉，看见戚亮和简小执笑骂着追逐而过，刚下过雨，两人脚步踩碎水坑，溅起一地闪闪的光。

"你俩干吗呢？"张林昆探头吆喝了一声。

"戚亮这只狗又骂我，你赶紧下来帮我拦住他！"

没意思。

张林昆收回脑袋。

"我幼儿园开始就不玩这种追人游戏了，你俩继续吧，别拉上我。"

那之后，戚亮就被叫去特训了。

他要代表学校去参加市里乒乓球比赛，同队队员都说戚亮跟疯了似的，本来之前训练强度就够大的了，这回他在教练规定训练的基础之上，又额外给自己加了好些，就跟在用训练逃避某些事情似的。

"你干吗？"队长陈刚倒了半瓶矿泉水在头顶，"你疯了？"

"为校争光啊！"戚亮喘着粗气，拧开一瓶水，灌了半瓶下去，剩下半瓶也从头顶浇下来，"好歹我转来十四中第一场大型比赛，我不得露两手？"

"行吧。"陈刚无话可说。

那他也拼吧。

同队其他人见戚亮和陈刚都这么不要命地练，纷纷被感染，也开始奋发图强。

就这样，十四中以前所未有的好成绩——不管是双人对打，还是单人比赛，冠军都包了不说，亚军也包了不少。

戚亮打完比赛回茉莉胡同的那架势，可以说是"荣归故里"了。

"可别擦你那金牌了，再擦该褪色了。"简小执奋笔疾书，暑假还剩两天，她正在疯狂补作业，"你物理卷子写了吗？"

"你傻啊，开学都分科了，我们不用写物理了。"

"哦，对！"简小执痛心疾首，看着自己刚抄完的化学卷子，难过得不行，"你不早说！"

"你也没问啊。"

"你刚才明明看见我在补化学了，你都没提醒我！"

这确实是戚亮理亏。

他乐得不行："你也知道，冠军嘛，忘性比较大。"

简小执走过去就是一脚。

"嘚瑟死你得了。"

开学第一天，教学楼公告栏那儿里里外外围了五层人，都是看分班榜的。

简小执有些紧张，从现在开始，她是真的得面对崭新的人生了。

戚亮个子高视力好，一眼看见自己和简小执在一个班，偏偏要逗简小执："完了，咱俩不一个班。"

"没事，距离产生美，挺好的。"简小执浑不在意。

戚亮撇撇嘴。

"裴树生居然也在三班？"戚亮有些诧异，"今年怎么分的班？我以为得看成绩呢。"

旁边一个学生接话："不是，今年统一打乱顺序分的，说这样均衡发展，不然好的都跟好的一个班，坏的都跟坏的一个班，到时候优生差生差距越来越大。"

这番话听得简小执不太高兴："我怎么就成坏的了？怎么就差生了？思想观念真落后。"

戚亮双手推着简小执往前走："走，找班级去，我迫不及待地要迎接新班主任了。"

班主任还是姚春霞。

当姚春霞走进教室的时候，戚亮瞪大双眼，异常响亮地骂了句脏话——他早从简小执的凄惨遭遇里领略到这位姚春霞老师是如何"残忍"的了！

骂完，他才意识到自己居然骂出声了。

他连忙捂住嘴，拿起课本，不等姚春霞吩咐，便乖乖站起来："姚老师，我错了，我马上去外面站着。"

结果，姚春霞就瞥了他一眼。

"得，我知道你有多失望，我看见你，我也很绝望，你就坐着吧。"

全班同学都乐了。

简小执乐得最开心。

一瞬间，班里本来还有些拘谨的同学，这下一笑开，距离便拉近了。

简小执看着坐在自己斜前方的裴树生，食指在桌子上画圈，心思活络起来了。

她居然跟裴树生分在一个班了。

这是什么命定的缘分啊！

简小执偷偷抿嘴笑。

第二天是正式的开学典礼。

一出院子门，简小执就发现了不寻常的地方。

戚亮今天穿得也太正式了！

这么说也不对，就是穿得太规矩了！

好像也不是，平时也穿校服校裤啊……

哦！书包！

平时戚亮都是单肩、懒洋洋地背着书包，今天他双肩整齐规矩地背着书包！

简小执自行车没气了忘记打，准备中午回家再打气，于是很自觉地走向戚亮自行车后座，掰开油条递给戚亮。

她问："你今儿要干吗？搞得这么隆重？"

"今天开学典礼，校长肯定会表扬我们乒乓球队。"戚亮叼着油条，整了整衣领。

事实也果然如戚亮所说。

老套的发言完毕之后，校长从旁边老师手里接过一张单子，是要开始颁奖了。

他第一个念的就是戚亮的名字。

戚亮那个激动、那个兴奋，他等好久了，今儿特意在校服里穿了白衬衫，还扣到了最上面一颗，就等现在这个时刻呢。

"戚亮——"

"亮"字刚落地，戚亮就噌地上台去了。

然而紧接着，校长念到的第二个人没有跟上去，剩下的十八个人也没跟上去。

戚亮就站在台上，孤独地等着校长把所有人的名字念完。

简小执在下面憋笑憋得脸上的毛细血管都快要爆炸。

她今早上本来想提醒戚亮的——他中途转来十四中，不知道十四中校长的颁奖传统，校长喜欢一次性把人名字念完，一次性把奖都发完，所以千万别一听他念名字就跑到台上去。

但是转念一想戚亮坑她化学卷子的事，她就默默地把提醒咽了下去。

现在她计划百分之百成功，效果好得让她一想到戚亮生无可恋地站在台上，等校长挨个念完名字的样子就想笑，一笑就停不下来，整个跟癫痫犯了似的。

晚上回到家里。

简小执在院里，活灵活现地把这件事给魏国义讲了一遍，尤其模仿戚亮当时万念俱灰的表情，那叫一个绝。

魏国义也跟着乐，扇着蒲扇，笑得眼睛都眯起来。

戚亮和魏芊芊在隔壁听得清清楚楚。

魏芊芊笑得连坐都坐不稳了，伸手擦眼角笑出来的泪，看着戚亮的眼睛里全是戏谑。

是可忍孰不可忍。

戚亮蹿上围墙，恼羞成怒地说："简小执，姚老师今下午跟我说让我提醒你明儿让姥爷去学校一趟。"

简小执不乐了。

魏国义脸上的笑也僵了。

"戚亮！"

简小执蹦起来就要去打戚亮。

魏国义一把按住她。

"来，说说。"

又拿第一

MoliHutong

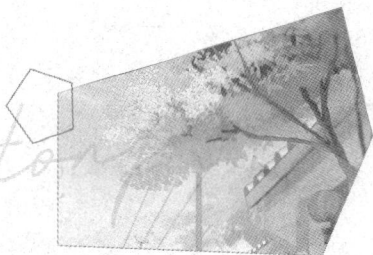

2005 年 9 月 27 日

天气: 风吹得我不用扫院子了。

戚亮是狗。

戚亮是狗。

戚亮是狗。

戚亮是狗。

戚亮是狗。

……

简小执喜欢的《七里香》被班上男生给侮辱了。

"周杰伦唱的都啥啊，跟舌头大了盖住牙齿一样。"

"不对，我老觉得周杰伦鼻涕没擤干净，说话唱歌瓮声瓮气的，要不咱友情赞助他一箱卫生纸吧。"

"哈哈哈——"

班上男生最近见女生们都疯狂迷周杰伦，纷纷看不顺眼。简小执的男同桌——沈林——也不例外。

简小执那个气啊，就跟沈林打了一架。

简小执的武力值是从小被姥爷魏国义给培养起来的，而沈林从小学习成绩不算拔尖但也不差，一路顺遂长大，哪见过简小执这种浑起来不要命的野蛮架势，当即连惊讶都来不及，便节节败退，最后的结果就是沈林被简小执按在地上打。

姚春霞赶到现场时，看到沈林一脸委屈，再一看简小执，她的表情比沈林还委屈，说："我都没出力呢，你怎么就这样儿了。"

姚春霞叹一口气，脑瓜子疼。

"你俩来我办公室。其他人在教室自习，不许出声儿啊，裴树生坐上面去监督，谁说话把名字记下来给我。"

戚亮能放任简小执一个人去办公室挨训而自己却看不到这种精彩场面吗？不可能！

等姚春霞和简小执、沈林一走，他立马举手说要上厕所。

裴树生头抬起来，看着戚亮，笑着说："刚上课呢。"

"对啊，下课就十分钟，抛开预备铃、上下课铃就八分钟，多宝贵啊，怎么能拿去上厕所！"

裴树生一噎。

戚亮嘿嘿一乐，一溜烟蹿到办公室外头，猫在门口，偷摸听里面发生了什么。

"这么点小事，也值当你俩打成这样？"姚春霞恨铁不成钢的语气。

"我没打……我是被打……"沈林小声嘀咕。

"少来了，我都没用力气，这力道放戚亮身上跟挠痒痒似的。"简小执在一旁反驳。

办公室外头的戚亮认同地点点头——嗯，确实。他俩每天都打习惯了。

"无论如何，简小执先动手，明天把你家长叫来。"

结果，简小执理直气壮地说："叫什么家长，我一个人也打得过。"

"我是这意思吗？"姚春霞拍了一下桌子。

声儿响亮，不仅办公室里头的简小执和沈林，连办公室外头偷听的戚亮都给吓了一跳，膝盖因此撞到了地上，发出闷响。

"嘶——"

戚亮龇牙咧嘴站起来，揉着膝盖，揉到一半发现眼前好像有团阴影。

他一抬头，发现面前站着的正是姚春霞。

"怎么的，刚才不是让自习吗？你自习到这儿来了？"

戚亮咽了下口水："姚老师，我说我上厕所，您信吗？"

"你觉得呢？"

简小执和沈林已经回班上了，戚亮也低眉耷脸地往回走，只不过，他来不及坐下，只回了座位拿起课本，然后就到教室外边站着去了。

陈刚上完体育课回来，看见戚亮在教室外边站着，他凑上去，笑戚亮："这不是早上还领奖的冠军吗？怎么现在这么惨？"

戚亮骂一句脏话，一脚踢过去。

陈刚嘻嘻哈哈地躲开。

两人闹了一会儿。

"晚上教练请庆功宴，直接去春风大酒店集合啊。"陈刚说。

"不是庆过了吗？怎么还庆？"

"上一次是教练自掏腰包，这一次是学校发的奖励金——你管那么多呢，有吃的你还不乐意啊？"

"知道了。"

上课预备铃响了，陈刚是理科班的，在楼上，他拍了一下戚亮的肩："我走了啊。"

姚春霞抱着一摞听写本从走廊尽头走过来，见着戚亮，脚步停了一下，说："先进来听写。"

戚亮心里哀号一声——不如让我在外边罚站呢！

全班同学一看姚春霞怀里的听写本，当即哀声一片。

"啊……"

"怎么又听写啊……"

姚春霞把听写本往讲台上一摔，班上立马安静下来。

姚春霞隔空对英语课代表点点头，让她上来发听写本儿。

然后，她趁着课代表发本子的时间，继续念叨："怎么了怎么了！没提前说听写，你们就不能听写了？那我也没提前告诉你们吃饭啊，你们怎么知道一下课就往食堂冲呢？"

"吃饭这种事用提前告诉吗？肚子在第三节课开始自动打预备铃了。"简小执在底下小声嘀咕。

"简小执。"姚春霞眼睛尖，一眼就看到简小执在那儿抱怨，"来，你上黑板来写。"

简小执凝固在座位上。

戚亮本来挺郁闷，现在一看简小执那样，当即就乐了。

"戚亮你也别乐，你也上来，来，写。"

戚亮也凝固在座位上。

伴随着戚亮和简小执沉重的步伐，姚春霞拍拍手："其他同学把英语书收起来，桌上不要留相关的书或者资料，各自都自觉点儿，骗得了我，骗不了你们自己啊……"

简小执趁着姚春霞说这段话的时间，小声跟戚亮商量："一会儿你写完了不要挡着，给我看看！"

戚亮正要回话，姚春霞已经转过身来了。

他千言万语如鲠在喉，只好胡乱地点点头。

"genius.（天才）

"debate.（辩论）

"显然的，明显的。

"生物学家——词性、单词都写出来啊，别只挂个单词在那儿。"

姚春霞背过身去了！

好机会！

简小执连忙往戚亮那儿看。

一片空白。

简小执不可置信地看着戚亮。

戚亮摊摊手："你刚才让我别挡着的时候，我就是想跟你说这个。"

简小执看看自己面前这一片只写了个"gen"和"deb"的黑板，再看看戚亮面前那一片空白黑板，突然觉得自己还不如像戚亮一样，不会写就空着，坦坦荡荡，像她这样硬憋几个字母上去，显得忒辛酸了点儿。

"在上边听写你俩还能说话——"

姚春霞话音没落地，看着黑板上两块触目惊心的空白，头一次觉得，原来教室里的黑板这么大。

她深呼吸一口气。

算了。

冷静。

"好了，就这么多，把听写本从最后一个座位往前传，英语课代表收一下放讲台来。"

简小执蔫头耷脑地把粉笔放粉笔槽里，戚亮也无声地叹口气。

"简小执和戚亮，你俩放学留一下。"姚春霞说。

"老师，我放学有事！"戚亮急了，他还要去春风大酒店吃庆功宴呢。

"什么事？"

"我们要训练。"

"少来！"简小执怎么可能放过戚亮这个难兄难弟，"姚老师，戚亮他是想放学去吃饭！"

戚亮诧异地看向简小执。

简小执扬扬下巴——小样儿，还想抛下我自己逃？

那会儿陈刚来找他的时候，她正好去接水，听见了全过程。

"你属狗啊？"戚亮瞪简小执。

"好朋友，就是要同生共死。"简小执微笑着，得体地回答道。

戚亮气得不行。

姚春霞看着这俩冤家都要给烦死了："你俩赶紧回座位去。"

当陈刚拎着书包来三班找戚亮的时候，发现他人居然不在，就座位椅背上挂一孤零零的书包。

"同学，请问戚亮在吗？"陈刚拦住一人，问道。

"他去姚老师办公室听写了。"

"行吧，谢谢啊。"

陈刚几步蹦下楼，对着楼底下等着的队员说："戚亮学习呢，咱们先走吧。"

"好哦！又能多吃一个人的分量喽！"

队员们欢呼。

等听写完出了办公室，外边天都暗了。

戚亮一脸绝望。

简小执心情倒是很不错。

戚亮语气恨恨地说："你知道因为你，我错过了一顿大餐吗？"

"你不都吃过了吗？那会儿回来跟我嘚瑟地说你们打完比赛教练就请你们吃了一顿。"

"这回不是又能吃嘛！"

"吃那么多干什么，你知道世界上有种饥饿训练法吗？就是——"

戚亮不想听简小执啰唆，他把自行车一蹬，自己先走了。

简小执连忙也坐上车，蹬着自行车去追戚亮。

"你等等我！"

简小执气喘吁吁地回到茉莉胡同，戚亮早就到家了，正闷闷不乐地蹲水池子边刷鞋。

狗脾气。

简小执好笑地踢了一下他。

"干吗？"戚亮不回头也知道是谁，没好气地问。

"喏。"简小执把刚在胡同口买的蜂蜜糕凑到戚亮眼前，"大餐我请不起，蜂蜜糕聊表心意。"

"行吧……"

戚亮别别扭扭地接过蜂蜜糕。

简小执坐在门槛上，脚悬空搭在台阶上，手撑在身后，笑嘻嘻地问："这下不生气了吧？"

戚亮走到简小执跟前，把一个蜂蜜糕塞到简小执嘴里。

简小执吃完了想起来："你刚才手是不是刷鞋呢？"

戚亮乐半天。简小执翻了个白眼，幼稚。

结果晚饭时，戚亮就被简小执整回来了。

简小执对着魏国义表演早上升旗时戚亮孤独站台上等校长念完领奖名单的样子，戚亮被臊得满脸通红，于是有了那句"简小执，姚老师今下午跟我说让我提醒你明儿让姥爷去学校一趟"。

简小执脸上的笑一僵。

"戚亮你属狗啊！"

她蹦起来就要去打戚亮。

魏国义一把按住她。

"来，说说。"

简小执晚上气得在日记里骂了戚亮一整页狗。

阶级矛盾就阶级内部解决，怎么还请外援跨阶级斗争呢！把姥爷掺和进来，她还能有好日子过吗！

戚亮忒不地道！

这回她说什么也不原谅戚亮了！

果然，《银魂》里说的一点没错——"昨天的敌人到了今天也还是敌人！"

简小执生气了，不理戚亮了。

第二天早上上学，戚亮给带的包子和糖花卷，她看也不看。

这种叛徒！不值得她的一丝丝余光！

戚亮也知道自己这事做得不地道，他跟在简小执后头赔笑脸。

"我不是被逼急了嘛，一时口不择言。"

简小执不理他。

"我错了，我错了。再生气不能饿着自己啊，这是我精心为你挑选的糖花卷，还有包子蒸屉里最热乎的俩猪肉葱包——"

简小执一寻思，觉得戚亮的话倒也有几分道理。

于是，她接过戚亮手里的早点，吃完了。

戚亮心里大喜，以为就此两人算是和好了。

结果，简小执一抹嘴："你以为这就能让我回心转意吗？呵！愚蠢！"

"你先把嘴角的红糖擦干净了再说这话比较硬气。"

到了学校，简小执深呼吸一口气。

来了，见证演技的时候到了。

一整天，简小执都十分乖巧，早自习姚春霞一进三班教室，就看见简小执规规矩矩地坐座位上背单词，声音响亮，昂首挺胸，坐姿标准。

这争表现也来得太"临时"了些。

姚春霞好笑地摇摇头。

这还没完，课上简小执也十分活跃，什么问题都举手回答。

"这道题选什么？"

简小执噌一下站起来。

"选C！"这题她做过！一模一样的！

姚春霞闭上眼睛，语气十分无奈："这道题选B啊，C刚好是陷阱选项。"

全班同学没绷住都乐了。

简小执挺不好意思地坐下，挠挠头，从抽屉里翻出练习册，一看。

搞什么，答案对错位了！

她说呢，一模一样的题还能选错。

"哪位同学站起来读一下课文？"

姚春霞话没落地，简小执又噌一下站起来。

"老师我来！"

"你坐下。"

戚亮笑得快把早上喝的粥给咳出来。

简小执这人可太好玩了。

尽管十分不情愿，但该来的还是会来。

远远地，简小执就在教室走廊看见魏国义背着手朝这边走来。

不知道是不是简小执自己的错觉，她总觉得随着魏国义行进的步伐，天儿是越来越暗了。

简小执正在哀愁呢，背后突然被拍了一下。

她吓了一跳。

她一回头，见是戚亮，便没好气地问："吓死我你能得到国家补助是吗？"

戚亮推着她下楼："别贫了，赶紧去接姥爷，说几句好听的，先哄哄。"

"我才不！活着就是要有尊严！头可断，血可流，我不可能先低头！"

也不知道是谁今天一天都在班主任姚春霞面前卑微地争表现了。

净在一些犄角旮旯儿的地儿争自尊。毛病。

戚亮翻了个白眼。

见着魏国义，戚亮先笑着喊了一声："姥爷！"然后手在背后戳了一下简小执的腰。

简小执"嗷"的一声蹦起来，转头看了戚亮一眼，低下头，手指拧着手指，不情不愿极了："姥爷……"

"回头再跟你算。"

魏国义丢下这句话就走了。

简小执战战兢兢地扯了一下戚亮的校服衣角："我完了。"

戚亮看了看天儿，又看了看身边的简小执。

想了想，他说："得，我陪你一起等姥爷吧。"

简小执眼睛亮了。

虽然不知道为什么，但是姥爷特别喜欢戚亮！

有戚亮在的话，姥爷就不会骂她了！

"好好好！"简小执欣喜若狂。

她决定原谅戚亮的不厚道行为了！

准确来讲，她得感谢戚亮！因为就算戚亮不多说那一句，她还是得告诉姥爷"叫家长"的事，反正也躲不过……

"谢谢你啊。"简小执看着戚亮，认认真真地说。

她的眼睛又黑又亮，像泡在水里的玻璃球，水灵剔透极了。

戚亮莫名其妙地觉得有些慌。

他别开头，含含糊糊地回："不用。"

下了几场雨，冬天轰隆隆地就来了。

简小执起床越来越困难，魏国义得叫她三回，她才能磨磨蹭蹭地坐起来。

戚亮都顺着茉莉胡同跑完二十圈回家里洗漱了，还听见隔壁魏国义在中气十足地吼简小执起床。

"你还上不上学了？

"简小执，人家戚亮都跑完早操了，你还在床上！

"简小执你起不起！迟到了又该罚抄了，这回别想着我帮你啊！"

戚亮无奈地摇摇头。

水龙头有些冻住了，戚亮喊："妈，有热水没！我淋一下水龙头！"

"热水在我手里啊？你自己不知道去拎啊？"魏芊芊的回答一如既往地简洁凝练有效。

戚亮灰溜溜地蹭到厨房去拎热水壶。

"别一次性倒完了，只要有股水能流出来就行，留点热水一会儿我烫牛奶！"

"知道了！"

与此同时，隔壁院的简小执也终于放弃挣扎，艰难地起了床，一边往身上套衣服，一边回魏国义的话："我不吃烧饼！"

"买都买了！给你装侧兜里了，赶紧吃！"

茉莉胡同闹哄哄的一天开始了。

简小执叼着烧饼走出院门，戚亮已经等在门口了。

"给。"

简小执把姥爷买的另一份烧饼递给戚亮，戚亮把烫好的牛奶递给简小执。

昨晚上下过雪，道上一层白，两边都被人踩结实成了冰，走起来特别滑。

戚亮、简小执早就对这种路况见怪不怪，脚不离地，一路滑着走。

"可怎么办啊，我感觉刚考试完，怎么又要考了呢？"简小执叹一口气。

"上一次是月考，这次是期中考。"说起考试，戚亮也是愁眉苦脸，"可怎么办啊。"

两人对视一眼，同时叹了一口气。

每次考试前，体育课就变成了一门时有时无的课，这得取决于别的科目老师有没有需求。

很明显，这一天的体育课是没有的。

下课铃一响，历史老师就抱着书来了。

"下节课上历史啊，咱们把卷子讲了。"

"啊……"

班上同学立马开始叹气。

"也不是我想上的啊，主要是咱们进度落隔壁四班两套卷子呢，这都快考试了，收收心啊。"

"是……"

这种状态延续到了课上。

历史老师顺着选择题挨个讲下去，看班上同学倒的倒，沉默的沉默。他顿了一下，开始提问："陕西最多的是什么啊？"

班上同学上一节课刚上完地理，脑子里嗡嗡作响，闷闷地回答："煤。"

"啊？"

"煤。"

"文物啊！"历史老师恨铁不成钢地拍拍讲台。

"哈哈哈哈哈哈哈哈！"

全班一下子就乐了，气氛活跃了不少。

简小执这周座位正好在暖气片旁边，温暖舒适，差点儿睡着，被这一片笑声惊醒。

她问同桌沈林："怎么了？怎么了？"

沈林笑得趴在桌子上起不来，话都讲不出一句完整的。

简小执着急得不行，这种周围人都知道的笑话，自己却置身事外的感觉让她十分孤独。

"别笑了，快说啊！"

等沈林磕磕绊绊地把事复述完，简小执也是挺无奈地沉默了三秒。

这种有关知识点的笑话，她总是笑不出来。

她都要哭了。

果然，期中考，两个学渣又一次被虐得体无完肤。

这就算了，关键是这回老师们不知道从哪儿学来的坏毛病，让大家回家把错题重新讲一遍给家长听，完事后家长得签字。

戚亮寻思拿着卷子回家就已经是在挑战极限了，还讲题，还签字，这跟拿屁股凑过去让魏芊芊打有什么区别。

简小执也觉得不行，她主要是没听懂老师讲的是啥。

老师说："这道题就不用讲了，拿公式套一下就行。"

简小执在下面听得都怀疑起听力和理解能力了。

为什么不用讲？

什么公式？

怎么套？

这都什么啊？

她都能预料到她要是重复着老师的话跟魏国义讲一遍，魏国义也能是这仨问题朝她丢过来。

幸亏简小执最近跟着张骥合爷爷学雕刻有点模子了。

她就自己仿着魏国义的签名给做了个章。

戚亮一看。

哎，可以啊！

他也让简小执给他来一个。

简小执看了戚亮一眼。

沉思片刻，她轻启朱唇，说道："三百。"

"多少？"

"三百五。"

"你刚才不还说三百吗？"

"所以你不是听见了吗？"

戚亮气乐了："简小执，你可真行。"

"我每天都喝旺仔牛奶，我不行谁行？"简小执摇头晃脑，学着广告腔调说话。

"有能耐你别落我手里。"戚亮咬咬牙。

简小执比了个鬼脸，开开心心地哼着歌走了。

走到一半，被姚春霞叫住："简小执，你过来一下。"

"啊？"

简小执脑子里迅速过一遍自己最近有没有犯什么事——没有啊！最近自己遵纪守法乖巧得不行啊！

她满脑袋问号地走过去。

姚春霞说："这次考试，凡是和状语从句相关的题，你全写错了。"

姚春霞打开抽屉，从里面翻出一张卷子。

"这是专门的'状语从句'专题卷，你拿回去写，明天给我。"

简小执五雷轰顶。

这怎么又多一张卷子啊？

"都是选择题，写起来很快的。"姚春霞指了指杯子，"帮我接杯水来。"

"好。"简小执愣愣的，没反应过来姚春霞这是要干什么，乖乖去接了杯水过来，双手递给姚春霞。

紧接着，姚春霞就把状语从句的知识点、考点重新给简小执讲了一遍。

"看起来复杂，其实历年来考试考的点就这么几个。"姚春霞喝了一口水，"你回去把这张卷子一做，立马就有感觉了。"

简小执抿着嘴，心里千言万语。

"谢谢姚老师！"

姚春霞笑了笑，摆了摆手："得，赶紧回去吧。外边天黑路滑，你小心点儿。"

简小执点点头。

她觉得鼻子有些酸。

今晚上回去一定要重新做人！要好好学习！要把作业全部自己完成！这次期中考算是败了！下一次月考看我荣耀归来！

简小执一边斗志满满，一边谨慎小心地往前走。

她夜晚视觉一般，现在冬天天黑得早，其实姚春霞没留她多久，但外边天儿已经全黑了。当下她就跟半个瞎子似的，走路上生怕摔跤，就这样战战兢兢地到了车站。

她松了一口气。

接下来等车就好了。

简小执跟平常一样打算靠着广告牌等车，一看左边的靠满了，右边的还空着，她就顺理成章去了右边，一靠——

是空的！广告牌是个光架子！难怪没人靠！

简小执当众表演一句流畅的脏话和一个完美的下腰身体折叠。

这还不是最糟的，简小执打算直起身子，却发现起不来。

腰痛。

不是吧！我简小执年纪轻轻腰断了？

简小执手伸在半空扑腾，挣扎。

那一刻，她心里盛满了绝望困顿。

这时候，后腰突然覆上一只温暖的手。

简小执转头。

是戚亮。

"你还没走？"

"乒乓球队训练。"戚亮顿了一下，挑眉，问简小执，"你见我的第一句话就是这个？"

简小执嘿嘿一乐，连忙感激涕零："哇！没有木头支不起房子，没有邻居过不好日子！邻居好！无价宝！"

戚亮笑呵呵地说："想让我扶你起来啊？"

"嗯嗯嗯！"

"刻名字这事打个折呗。"

"打什么折！救腰之恩，免费！"

戚亮把简小执扶起来了。

简小执揉揉腰："刻名字免费，但是手工费得付一下。"

"你信不信我再让你躺下去？"

"哎哎哎！使不得使不得！开个小小的玩笑啦！"

公交车来了，两人上车。

只有一个空位置了，戚亮让简小执去坐，简小执说腰痛，站会儿。

"那行。"戚亮今天练习也很累，于是不客气地坐下了。

他坐下之后，看简小执在旁边站着，总觉得有些不自在。

想起来早上魏芊芊装的牛奶还没喝，于是，他把牛奶从书包里掏出来："饿了吗？"

简小执不饿，但是有吃的她怎么能放过。

"饿了。"

把牛奶给了简小执之后，戚亮心里舒服不少，总算没有自己欺负她的感觉了，于是心安理得地坐着，欣赏窗外一闪而过的冬日街景。

其实看不太清楚，天黑，路灯照亮的只有一小部分，残雪一堆堆，路人们也都捂得严严实实，下雪时候的城市特别美，但是雪化时候的城市就显得又脏又乱。

戚亮正在寻思晚上回去吃什么。

公交车司机突然来了一个急刹车。

惯性之下，简小执的手不自觉地用劲儿，手里的牛奶完完整整地挤戚亮头上了，一滴没落地，全在戚亮头上，然后滑到了脖子里。

戚亮一脸无语。

"对不起！"

简小执手忙脚乱地要去拿纸巾擦拭，结果翻遍口袋也没摸着一张。

她正慌乱手足无措之时，旁边伸出一只好看的手。

是裴树生。

"给，纸。"

简小执两眼开始冒泡泡。

"嗯嗯，好的，谢谢。"

声音那叫一个甜。

头顶牛奶的戚亮："我呢？"

"喏，纸，你自己擦。"

简小执把纸给了戚亮，与此同时，眼睛不离裴树生，看着裴树生完美流畅的下颌线。

斯文。

干净。

还戴着眼镜呢。

身上还随身带纸呢。

哇。

简小执嘴角带着傻笑："裴……裴同学也在啊。"

戚亮翻了个白眼。

裴树生笑容不变："嗯，刚补完课。你叫我树生就好。"

"你的名字好好听啊。"简小执继续傻笑。

"小执你的名字也好听哦。"裴树生笑着说，"感觉很可爱。"

于是，直到下车，直到回到茉莉胡同，直到两人快各进各门，简小执脸上都挂着荡漾的笑容。

戚亮一路翻白眼快把自己眼球翻折过去。

裴树生这人说话也太假了吧？那是什么鬼腔调啊！还"哦"，大老爷们儿谁用这语气词？

简小执也是脑子有问题，这么假惺惺的话都听不出来，还乐呢，还乐这么久！

戚亮撇撇嘴。

他实在气不过，拉过还在笑着的简小执："你知道吗，我不喜欢我的粉丝朝三暮四。"

简小执丈二和尚摸不着头脑。

"那我明天跟你粉丝团报备一下？"

"我说你！你！"

"说我干吗？我又不是你粉丝。"

戚亮五雷轰顶。

简小执才不管那么多呢。

她拍拍戚亮的肩："你在做什么梦呢，居然以为我是你粉丝？赶紧回去吃饭吧，一会儿魏婶该急了。"说完，哼着歌进院门了。

她掀开门帘，见魏国义正弯着腰看桌上什么东西。

"姥爷，您干吗呢？"

"咱家这蝈蝈，上次脱壳的时候背上没脱好，算起来也是有点小残疾。这又快脱了，我怕它挺不过去啊。"

"啊！"

简小执放下书包，也凑过去看。

这蝈蝈头大，身条好，肚子也漂亮，魏国义宝贝得不行。

"所以一开始您买脱好的蝈蝈不得了吗，非得买回来自己看着。

这下心疼了吧？"

魏国义叹口气。

要不是不可能，他恨不得自己能亲手帮蝈蝈。

"姥爷，您得学会放手，让它自己长大。疼了也是必须得疼，您除了在外边儿看着没别的招儿。"简小执瘫倒在沙发上，掰开一块冻柿子，一边吃，一边煞有介事地说。

魏国义回过头，手背在身后："饭菜在锅里焖着呢，先吃饭去！"

赶着简小执去了厨房，魏国义收起桌上她吃了一半的冻柿子，一边嘴里念叨："一回来就吃冰的，一会儿半夜又该闹肚子，啥时候才能长大……"

吃完了饭，简小执深呼吸一口气。

接下来，就是认真学习的时刻了！

她拉开书包拉链，从里面找出作业和姚春霞给的卷子。

尤其是那张卷子，她的手在上面摩挲几下，珍重地展开。

她发现姚春霞在上面拿铅笔写了一行字：知道最近你学习挺用功，暂时没有成绩也不要灰心，要坚持下去，学习的效果得用时间来检验。

简小执眼眶一下就热了。

这还有什么理由不好好学习！

那天晚上，简小执奋战到了半夜。

魏国义都睡了一觉了，起来一看简小执屋里灯还亮着的。

"干吗呢，还不睡？"

"学习呢！"

"明天白天再学！现在先睡觉去！"

"不行！今晚上不学完我誓不为人！"

"白天不努力，晚上干着急，什么毛病……"

魏国义摇摇头，背过手，回自己屋了。

过了一会儿，他又走出来，去厨房炒了盘蛋炒饭，烧水，烫了盒牛奶。

他走到简小执门前，敲了敲门。

"先吃点儿，吃完再学。"

没动静。

魏国义打开门，简小执趴在桌上睡着了。

刚才不还"不学完誓不为人"吗?

魏国义气乐了，食指点了点简小执的额头，有些冰。

魏国义把简小执抱到床上去，给她盖好被子。

都这样了还不醒，跟猪一样。

魏国义摸了摸暖气片，还挺热的。他关上门，原样端着蛋炒饭和牛奶回了厨房，把蛋炒饭放进冰箱。牛奶都烫过了，不得已，他自己把牛奶给喝了。

这祖宗，她学个习，自己累得够呛。

魏国义摇摇头，背着手，回自己房间继续睡觉。

"咱班里今天新转来一同学啊，是我以前班上的，班里可能有同学认识——段多多，来，跟大家介绍一下自己。"

简小执瞪大双眼。

还以为那时候分科之后就是永别，没想到又重逢了!

这人瞒得也太好了，一点儿风没给她透!

简小执向段多多激动地招手。

段多多好歹在讲台上，顾及着自己的形象，强忍激动，手捏着校服衣摆，挤出一个得体的微笑。

"大家好，我是段多多。段是段落句子的段，多多就是那个多多。以后咱都是同学了，有事吱声，能帮的我肯定帮。"

姚春霞看了一眼此时此刻都快站起来欢呼的简小执，再次确定自己把段多多的位置安排在简小执的对角线是个正确的决定。

"得，你坐戚亮旁边那位置去吧。"

下课铃声都没有完全落地，简小执就窜到段多多那儿去了，先来了个激情的拥抱。

"姐妹！你这不是选理科了吗，怎么又来文科了？"

"这次期中考，让我彻底明白，理科班我是真的待不下去了。我错了，别人学好数理化，走遍天下都不怕，我这还没走天下呢，先被数理化打趴下。"段多多心有余悸。

"我懂我懂！我懂这种感受！"简小执拍桌子表示赞同。

戚亮接完水回来，看简小执坐在他位置上跟段多多叙旧。

"我这中途转文科班的，除了姚老师谁也不要我。我爸都做好准备给姚老师塞红包了，结果她提前就说：不搞那一套，段多多本来就是我学生。我爸都被她的师德光辉给照耀到了。"

"对，我最近也发现了，姚老师其实人挺好。"简小执想起姚春霞给她的英语卷子。

"姚老师说下午放学之后先别走，留下来做张卷子先。"戚亮把杯子放在桌上，对着简小执和段多多说道。

"姚老师哪儿都好，就是爱拖堂，动不动就考试。"简小执趴在桌子上，生无可恋。

她扭头一看，发现戚亮挺逍遥自在的。

她纳闷地问："怎么的，你这是胸有成竹？"

戚亮邪魅一笑。

"今天下午乒乓球队要训练，我不用参加考试。"

简小执愣了半秒，然后就开始鬼叫："不公平！凭什么！运动健儿也得注重文化修养啊！"

年级主任正好巡视，走过三班走廊，听到简小执的鬼叫声。

他伸出个脑袋："教室是学习的地方！喧哗吵闹去菜市场去！"

简小执脑袋一缩。

年级主任一眼就看到她："简小执，又是你！"

段多多和戚亮闷着偷乐。

"还有戚亮是不是！我就知道！每回哪儿闹准有你俩！"

戚亮不乐了。

他冤得不行，小声嘀咕："我可啥也没说……"

下午放学之后，还真如戚亮所说，姚春霞抱着一摞卷子就来了。

"要上厕所的快去，回来之后咱们做个小测试——来，裴树生发一下卷子。"

班里一片唉声叹气。

简小执早知道了，现下她平静了不少，于是专心欣赏裴树生低头数卷子的斯文模样。

真好看呀。

这不就是小说里走出来的人物吗？

温柔、白净，有文化。

简小执嘿嘿乐。

考完试之后，段多多拉着简小执往体育场走。

"干吗啊？我得快点儿回去。"简小执不太愿意出去。

"你回去干吗？你又不写作业。"

"谁说我不写了，你怎么造谣呢。"简小执一边说一边给自己戴手套，"我家里养的蝈蝈该第七次脱壳了，我得回去看着点儿。"

"你还能帮着脱啊？"

"我能中途在它没体力的时候，喂个胡萝卜。"

"哎呀，不行，今天你必须陪我去看戚亮！"段多多拽着简小执的手，不让她走。

"不是，为什么啊？你想看戚亮，你看就行了呗，拉上我干吗啊？我每天都见他，要烦死了。"

"你不是跟戚亮关系好吗，我跟着你一起去的话，显得我有面儿。单我一个人去，我跟戚亮一点都不熟，跟别的女同学都没什么差别。"

简小执叹一口气，到底没赖过段多多，一起去了训练场。

训练场上人山人海的。

简小执都蒙了："大家不学习的吗？"

"拉倒吧，咱又不是重点高中，就指着乒乓球队争面子呢。这回又拿了第一，市里有记者来采访。"

简小执恍然大悟："难怪你今儿非得来。噢——难怪！我说呢！戚亮今天比谁都先知道要考试！他先去找姚老师请了假！"

段多多没管这些，她推着简小执："快，快，往前冲。"

简小执都没反应过来，就这么一路被段多多给推到了人群最前面。

戚亮正在回答记者问题，一看简小执来了，特别自然地对她招了招手。

段多多见了这个招手，还以为戚亮找简小执有事，立马拉着简小执就去了。

戚亮一脸蒙："干吗啊？"

简小执也一脸蒙，她回头看段多多。

段多多这时候才知道自己刚才误会了，也挺尴尬。

记者朋友也蒙了，她把话筒往简小执的方向偏了一下，看样子是打算随机应变，来访问访问这俩突然冲进场的女生。

这还得了！

简小执连忙把自己手里的水双手送到戚亮面前，装作小粉丝的样子："学长！请您喝水！"

戚亮没料到简小执来这一出，嘴角已经开始上扬要笑场了。简小执对着戚亮拼命使眼色，让他配合自己。

戚亮憋着笑，接过简小执手里的水。

简小执还在那儿演："哇！学长喝了我的水，我好快乐哟！"说完拉着段多多就溜。

段多多已经笑得快抽过去了。简小执拍拍胸脯："幸亏平时我爱看电视，旺仔牛奶广告信手拈来，不然刚才我可真是下不来台。"

戚亮看着简小执匆忙逃窜的背影，笑得眼睛都弯起来。

记者觉得整个采访过程都十分僵硬，戚亮一直不太自在，也就这个冒冒失失的女生出现的时候他自然了一点。摄影师也有同感，与此同时，他手指也下意识按了快门，留下了这一个瞬间：戚亮嘴角含着笑，盯着远方，眼神明亮，目光温柔。

后来报纸选了这张照片作为封面，标题是"天才乒乓球少年戚亮：确定了目标，那就奔着它努力"。

这张戚亮看着简小执笑的照片，被很多女孩剪下来，贴在自己的笔记本上。

简小执这边回到家之后，看见自己院里多了个乒乓球台。

她觉得头都大了——怎么哪儿哪儿都是。

"这是干吗啊，备战奥运也忒早了一点儿吧？"简小执问。

"还说呢，能不能跟戚亮学学，人家这回比赛又得了第一。"魏国义说。

"我走文化路线的。"

"你文化倒数第二，一人之上万人之下。"

简小执哑口无言。

"所以说为什么非得让我读高中呢？我根本不是读书的料！你早点让我出去工作不成吗？"

"少找借口，高中都不读，你还想干吗？出去捡垃圾都不认识字儿。"

两人又大吵一架。

简小执气得不行。

她之前没安心学过，所以考得不行，她认了。

现在她认真学了，还是不行，姚春霞单独给她的那套卷子，两

085

面的选择题，她就做对了 7 道，阅卷的时候，她都不敢看姚春霞的脸色——她都来不及确认自己到底难不难过，最先想的就是自己肯定让姚春霞失望了。

不是学习的料，努力了成绩却还是这么差，她就搞不懂为什么姥爷非得执着于让她读书，明明高中没考上，都硬出钱把她塞进了现在这个学校。

爷孙俩陷入冷战。

简小执天天跑戚亮家蹭饭，魏国义就每天去冰湖上溜冰，老头儿们笑他说照这么滑下去，冰刀都快磨平了。

最后还是戚亮一句话点醒简小执："可能是姥爷不想让你那么早离开家，想让你多陪陪他。"

简小执一下子就没理了。

魏芊芊也跟着搭茬儿。

"是啊，我现在都不乐意戚亮出去，比赛还好，要是有点别的事，再被坑几下……何必呢，现在还这么小，能在学校里多待一点时间是一点啊。再说了，大家都读过高中，要是就我儿子没读过——老怕他以后怨我。"

简小执撇撇嘴。

行吧。

下午，简小执去菜市场买了好些菜，又买了袋火锅底料。

简小执在魏芊芊的帮助下做了顿火锅。

魏国义老远在胡同口看见自己家院里灯是亮着的，想着那丫头总算服软了，这才哼一声，别扭地回家。

他一推开门，满院子的火锅香气。

简小执由戚亮推着，送到魏国义面前。

"姥爷，大冬天的，咱们吃个火锅。"简小执别扭地转过头，哼哼唧唧地说。

"吃什么火锅，该喝羊肉汤。"魏国义也别扭，转过头，哼哼唧唧地说。

简小执一听这话，怒火噌一下就起来了。

"那别吃！"

"不吃就不吃！"

魏国义转身就走。

戚亮连忙一手拉住魏国义，一手拽着简小执，无奈极了："都知道对方不是话里那意思，较个什么劲儿呢。"

魏芊芊从厨房出来，看这"三足鼎立"的架势，头都疼了。

"大冬天站风里不冷啊，赶紧进屋吃饭！"

热气腾腾的火锅，烟雾在上空氤氲着。

戚亮胳膊肘推了一下简小执。

简小执看向戚亮，最后一遍用眼神问："确定吗？"

"快点！"戚亮也用眼神回答。

简小执耸耸鼻子。

行吧！

她站起来，夹了片毛肚，放到魏国义碗里。

魏国义抬头看她。

简小执抿着嘴，顿了一下，小声说："姥爷，吃片毛肚。"

戚亮都快被简小执给气死！

毛肚那么难嚼！姥爷能吃才有鬼！

结果一看魏国义，他笑得脸都快烂了。

那片毛肚确实难嚼，但魏国义还是笑着吃下去了。

戚亮突然觉得胸腔像是被温水铺了一层一样。

他也站起来，给魏国义夹了块豆腐。

"姥爷，吃块豆腐。"

"好，好，好！"

"姥爷，谁才是您亲生的啊？我给您夹菜的时候您怎么不连说三个好呢？偏心被我看见了啊！"

"哈哈哈……"

冬夜寒凉，可屋里却暖烘烘的。

补充日记——

2005 年 9 月 27 日

天气：风吹得我不用扫院子了。

戚亮是狗。

戚亮是狗。

戚亮是狗。

戚亮是狗。

戚亮是狗。

……

戚亮其实挺好的。会唱周杰伦的新歌哄我，在公交车上我站着他还于心不忍，给我牛奶。我把牛奶挤他头上了也不生气。最重要的是，我跟姥爷吵架，他能劝和。

"都知道对方不是话里那意思，较个什么劲儿呢。"

这话说得太好了。记一下。

第 四 章

幸好有你
MoliHutong

2006 年 1 月 7 日

天气：2006 年的第一场雪，比以往来得晚一些。

我要养狗，但是姥爷不让。

但我不让他不让，我奋起反抗了。

因为我真的很想养。狗狗看我的眼神，老让我想起爸爸看沈阿姨的眼神：好像她是天底下最漂亮芳香的花，最值钱的宝贝，最温柔的期待和念想。

我必须得养这只狗。

姥爷从来不问我为什么想养那只狗狗，他就直接否定了。

姥爷真的很不讲道理，说话根本说不通，不怪我每次一跟他说话就暴躁。

　　但凡他讲点道理，我也不至于这么烦他！

　　……

　　简小执放学回家，见自己家院里围了一群老大爷。

　　"这是干吗呢？"简小执立马感兴趣了，书包都来不及放，几步迈上前，钻进人群里，才看见中心是一只鸟。

　　"别说，这腿这爪这体形，嘿，这鸟儿真不错。"

　　"说的是什么呢，俩膀对称，一点毛病没有。"

　　"可不嘛，这么好的鸟儿居然也有人舍得丢。"

　　简小执总算听明白了。

　　"姥爷捡了一只鸟回来？"

　　"是啊。"李大爷说。

　　"姥爷不都有两只了吗？"简小执凑近鸟笼。

　　"这是玉鸟，现在有些怕生，估计咱这么多人给吓着了，要是放开了叫唤，声儿可动听。"李大爷看简小执看得认真，于是解释道。

　　简小执点点头："这样啊，这鸟儿可真好看。"

　　看完了，她恋恋不舍地挪出人群，正巧和拌完鸟食出来的魏国义碰上。

　　"又晃荡拖时间是不是？赶紧写作业去！"

　　"我找戚亮写去！"简小执吐吐舌头，做了个鬼脸，背着书包就窜进戚亮家院里了。

　　戚亮正拿着铲子铲雪。

　　"帮我家也铲一下呗！"简小执凑过去。

"铲子可以借给你。"戚亮有所保留。

"只扫自家雪。这冷漠的世界和人心，我真是触目惊心！"

"啧。"

戚亮受不了地拧起眉，懒得跟简小执扯，指着厨房："煨了俩红薯，想吃吗？"

那怎么可能不吃！

简小执蹦着就去厨房了。

戚亮则拖着铲子，去了院门外。

简小执捧着热腾腾的红薯走出来的时候，戚亮正弯着腰吭哧吭哧铲隔壁院前的雪。

"哇，这世界一下子感觉温暖明亮了很多！"简小执笑嘻嘻地凑上前，把剥好的红薯递到戚亮嘴边，"来。"

"不吃。"

"吃一口喽，这个好香好甜的。"

"不想吃。"

"你都温暖我了，我也得温暖你一下，赶紧吃啦！"

"简小执，你要真想温暖我，你就离我远点儿，给我个清净。"

喊。

简小执撇撇嘴，正要反驳，就见张林昆揣着手从胡同口走过来了。

"戚亮！简小执！我爷爷说今晚上涮羊肉，你俩去吗？"

简小执眼睛一亮："去去去！"

"欸，你们家也煨红薯了啊？我家的还没熟呢，快，我蹭一口。"张林昆说完就奔着简小执手里的红薯去了。

"你脏不脏！"简小执把红薯往身后藏，"能不能讲究点儿卫生！

我都吃过了！"

戚亮铲雪的手一顿，抬头看向简小执，眼神有些诧异。

"不给吃拉倒。一会儿回家我吃自己的。"张林昆委屈地吸吸鼻子，"对了，你姥爷在吗？"

"在里头呢。"

"我爷爷说过两天天通苑有好货，让他跟着一起去瞧。话带完了，我走了啊——晚上记得来吃涮羊肉！"

"能忘了写作业也不能忘了吃羊肉！"简小执点点头，坐在院子门槛上，目送张林昆离开。

两人说话的时候，戚亮一直埋头劳动，现在额头已经微微有了汗珠，看简小执坐那儿什么也不干的样子就觉得心里十分不得劲儿。

"不帮忙就进去，在这儿坐着跟监工似的。明明是我乐于助人，你这么一坐，显得我像劳苦奴隶。"

"这话可就见外了，我不是想着你一个人在外边孤独吗，特意放弃了暖呼呼的屋子来陪你吹冷风。"

戚亮嘴角翘了翘。

天儿好像又下起了雪粒子，若有似无地点缀在灰扑扑的天地间。

戚亮圈了一下简小执的手，冰凉。

"进去吧。"他拍了拍简小执的手背。

魏国义跟着张骥合去天通苑拍了个鼻烟壶回来，正美着呢，转头就得知简小执又被叫家长了。

简小执自己也很郁闷。

她感觉自己活着跟闹着玩似的。

怎么又被叫家长了！

真的是太没面子了！

说起来都是自己手痒，最近跟着张骥合爷爷学雕刻学得有模有样的，于是一时之间嘚瑟大发了。

因为马上就要期末了，各科老师都很紧张。

上政治课的时候，政治老师正评模拟卷，说："这一题就是送分的，都送到家了！"

那模样实在是太痛心疾首。

简小执没忍住，乐了。

政治老师瞥了她一眼："都送到家了，但还是有人没开门领，不仅如此，还有心情笑呢。"

简小执一听这话，怎么这么侮辱人。

她下意识地就翻了个白眼。

结果好死不死被政治老师见着了，一下子走过来，大力一拍她的桌子："简小执，你什么态度！"

这一拍不要紧，文具盒后面雕的橡皮就露出来了。

是简小执刻的政治老师。

只不过是人头猪身子。

这还得了！

姚春霞听政治老师在这里唾沫横飞说简小执有多不尊重人、多不重视课堂纪律，听得她都累了。

"简小执，家长叫来。"姚春霞叹了口气。

魏国义到了办公室，一看桌上的橡皮，再一看政治老师，第一反应居然是：刻得还挺像！尤其是头上秃了一半的头发，发丝都给刻得细致极了。

当然，现在不是夸人的时候。

魏国义走过去，拿起桌上的橡皮，装模作样地看了一番。

"我的天啊！这刻的是我啊！哎哟，乖孙上课都在想我！"

"这身子是猪！"

"对啊，我最喜欢小猪崽了！"

一通胡搅蛮缠之后，简小执跟着魏国义出了学校。

简小执全程低着头，乖顺得不行。

其间，她小心翼翼地瞄魏国义的脸色。

果然很沉。

果然很黑。

但是魏国义偏偏又不开口骂她，就这么阴沉着脸，背着手，径直往公交站台走。

简小执心里挺难受的。

晚上，简小执没精打采地在戚亮家看《绿光森林》的碟片。

戚亮一拉开抽屉全是简小执租的一些偶像剧。

放平时，他早开始觉得辣眼睛肉麻看不下去了，但是今晚上他一直陪着简小执。

"吃橘子吗？"戚亮把剥好的橘子瓣儿送到简小执嘴边。

"不吃。"简小执哀愁地摇摇头。

"特别甜，张嘴。"戚亮说。

简小执照做了，但依旧没精打采的，连咀嚼动作都有气无力。

戚亮叹口气。

"这么不开心呢？"戚亮想了想，"我给你讲个笑话吧。

"从前啊，有条蚯蚓，它开了家面馆，卖挂面、方便面、龙须面等等，生意还不错。有一天，小店里又坐得满满当当的，蚯蚓这个老板却在面馆前面发愁。有人路过就问：'你怎么不给顾客煮面呢？'蚯蚓眼睛里盛着泪，特别难过地说：'呜呜呜，他们都要吃手擀面。'"

戚亮说完笑得快撒手人寰，简小执却面无表情。

他咳了一下："嗯，不好笑啊？那你知道为什么一个猎人开枪打了一只狐狸，结果却是猎人死了吗？"

"因为它是反射弧（狐）。"

这种笑话她不知道听过多少回。

简小执叹一口气。

她看出戚亮是想安慰自己。

简小执劲儿一松，头靠在戚亮的肩上，喃喃自语："有时候特别烦姥爷，大多数时候都挺烦他。但是今天看着姥爷从学校走出来的背影，我看着特别难受。就是，有种'我也太不争气了'的感觉。其实，认真讲，姥爷是全世界对我最好的人了，我却……"

戚亮垂眸看了一眼简小执。

他只能看到头顶，还有两片长长的睫毛。

睫毛耷拉着。

是真的难过了。

戚亮拍拍简小执的头。

他说他打乒乓球是喜欢是爱好，但是有时候打着也挺烦，累得想骂人。而且竞技体育特别无情，成绩没到就是没到，也挺折磨人的，觉得自己不争气。

"但是有什么办法呢，我要是想争气的话，我就必须得接着赢，接着练习。好赖还能不活了啊？"

简小执又觉得被安慰到了，又觉得没被安慰到，最重要的是，她没听明白戚亮这话跟她烦恼的事情有什么关联。

于是，她坐直身子，郁闷地把头埋在臂弯里。

简小执就这么睡着了，魏国义来戚亮家接她。

戚亮背着简小执，跟着魏国义，一步一步走。

"她是不是又骂我了？"魏国义问。

"真没有。"戚亮说，"她觉得自己不争气，心里难受。"

把简小执放床上，魏国义给戚亮摘了几个墙上挂着的冻柿子，看着他走进自己院了，才折身回来。

到了简小执的房间，他给简小执掖了掖被子，看着简小执看了好一会儿，然后给她把窗帘拉得严严实实，检查了暖气片，挺热的，又给灌了热水袋塞她脚底下。

最后，他关上门，轻手轻脚地离开。

第二天早上起来，简小执发现自己睡在家里的床上，脚底下还有热水袋。

想也知道肯定是姥爷做的这一切。

于是大早上，她捧着热水袋，哭得那叫一个鼻涕直流——

这辈子都要对姥爷好！

要好好学习！重新做人！

再也不跟姥爷怄气了！

早上去上学的时候，她也斗志满满。

戚亮看她睡一觉起来就精神了，稍微放下心。

"戚亮，我们不能再荒废时光了！我们真的要好好想一下我们的未来！"等车的间隙，简小执站在戚亮身边，拍了拍他的肩膀。

"我一直都没荒废时光，你去看看我的奖牌。"

"我真的不能再荒废时光了！我得支棱起来！我得奋斗！"简小执调整了一下主语，"我想好了，我从今天开始——"

"打住。"

戚亮连听都不想听。

"你有什么壮志雄心，你先在心里揣一会儿，等坚持过了三天再说出来。"

车来了。

戚亮说完这话就跳上车，简小执明明气得不行，但也得先上车。

果然一上车，简小执就揪着戚亮开捶。

司机都认识他俩了，笑着招呼一声："得走了啊！两人别闹了，找位置坐好去！"

虽然早上开始得稍稍有些不顺利，但是没关系，人活着就是要相信自己能创造奇迹！

中午放学铃一响，简小执立马冲出教室，但是方向和大家不一道。

戚亮本来正在往食堂冲刺，余光却没看见简小执的身影。

嗯？这人平时不都是和自己并肩在奔饭的最前线吗？

戚亮紧急刹车，在后面同学的怨声载道里，也改了方向，跟着简小执出了学校。

"你上哪儿去啊？"戚亮问。

"你怎么也来了？"简小执脚不停顿，"我去买个葫芦，送给姥爷。"

"是送葫芦还是送葫芦丝啊？"戚亮困惑了。

"葫芦！"

"不是，你给姥爷送葫芦干什么啊？还嫌他养你一个不够，非得凑足剩下六个啊？"

简小执乐了，摇头晃脑地对戚亮说："这你就不懂了吧，我买个葫芦送给姥爷的蝈蝈，蝈蝈住葫芦里跟住在皇宫里似的，多美啊。蝈蝈美了，姥爷也就美了。"

戚亮恍然大悟，于是跟着简小执一起去挑了个柳叶葫芦。

晚上，简小执将葫芦送给魏国义的时候，他笑得眼角皱纹一缕一缕的。

"姥爷，您放心，我从今以后再也不惹您不高兴了。"简小执郑重其事地趴在魏国义膝头说。

第二天下午，简小执又跟姥爷吵了一架。

距离昨晚上那句保证，二十四小时都没管够。

戚亮都服了。

亏他昨晚上还被简小执规规矩矩趴在姥爷膝头上的模样给打动，还觉得爷孙俩感情真好真温馨。

结果现在就又吵得跟仇人一样。

戚亮无奈地摇摇头。

魏芊芊也无奈地摇摇头。

她招呼戚亮去盛饭。

"盛三碗。"魏芊芊说。

"知道。"戚亮已经十分熟练地从碗柜里拿了三个饭碗出来。

魏芊芊捂着热水袋趴墙头底下听，一边听一边念叨："这俩可真是冤家。"

只听简小执在隔壁院里咆哮："那只狗狗就在胡同口！这么冷的天儿，我不养它，它冻死了怎么办！"

"你养它，它才死得快呢！我又不是第一天知道你，肯定三分钟新鲜，之后还不是我管！"魏国义的音量不甘示弱。

"不要你管！我说了我自己养就是自己养！"

"我说了不行就是不行！"

"那您还捡了只鸟回来呢！只许州官捡鸟，不许百姓养狗啊？这种思想都落后了！现在讲究平等尊重！怎么您可以我就不可以？"

"对啊，就是我可以，但是你不可以。"

"啊啊啊啊啊啊！"

说不通！怎么就说不通呢！

简小执气得不行，拉开门，冲出去，冲半天也不知道该往哪儿冲，最后还是去了戚亮家。

她一拍开门，就见戚亮抱着手等在那儿了。

他对她招招手："行了，进来吃饭吧。"

简小执吸吸鼻子，委屈巴巴地往戚亮身边走。

走近了，戚亮才看见简小执眼眶都红了，不知道怎么的，他突然觉得心就跟被人掐了一下似的。

"好端端的，你怎么还哭了啊？"

"没哭！"简小执梗着脖子吼他，"雪掉眼睛里了！"

戚亮抬头看了一眼此刻安静祥和的天儿，也不拆穿简小执，叹了口气。

"走吧，饭都给你盛好了。"

魏芊芊从电饭锅里舀汤，听着简小执的脚步声，都不回头，说："那什么绿森林给你放好了已经，坐那儿看吧。"

简小执这下鼻子更酸了。

她想，这才是亲人呢。

但是这鼻酸也没多久，很快，简小执就跟着《绿光森林》的剧情走了，目不转睛地盯着电视。

戚亮在一边陪了一会儿，实在看不进去，感觉这事不解决，简小执能一直揪着，天天赌气，天天在自己家待着看偶像剧。

那自己不得烦死？

戚亮绝望地问简小执："那只狗，真的想养啊？"

一听这话，简小执的注意力立马回来了："嗯！"

"走吧。"

戚亮无奈地拎起简小执，去到魏国义跟前。

"姥爷，她想养就养吧，我跟着一起照顾。"戚亮说。

魏国义一听戚亮跟着一起照顾，同意了。

简小执一蹦三尺高："戚亮说您就同意，我说怎么——"

戚亮一把按住简小执，头凑在简小执耳边说："还想不想养了？"

简小执撇撇嘴。

行吧。

简小执给这只被丢在胡同口的小土狗起名叫"金映明"。

"为什么啊？"戚亮不解。

"这是我的爱人。"简小执羞涩极了，"看过《麻雀要革命》吗，金映明是里面的男主角。"

戚亮气得半天说不出话："那你有本事让金映明跟你一起照顾这只狗。"

简小执讨好地笑："欸，你看看——"

"少来！找你的金映明去，以后出事少来烦我。"

"欸欸！使不得使不得！行行行！不叫'金映明'！"简小执妥协了，"叫'戚亮'行了吧！"

不行。

戚亮大喊："你才是狗呢！"

最后，小土狗名字还是叫了"金映明"。

放寒假了，简小执一放假就整个"瘫痪"在床的状态，每天哪还顾得上遛狗，刚好戚亮每天还是照常跑步，遛狗的任务就交给他了。

魏国义一副"我就知道"的样子。

"现在知道我为什么一开始不答应你养了吧？"

简小执翻个身，打个哈欠。

"是是，戚亮在您心里就是完美的，他做什么都靠谱，我做什么都是瞎扯。"

魏国义哼一声，居然也不反驳。

"你好好学学人家。"

学他干吗啊。

简小执翻了个白眼。

她心中完美的人可是裴树生。

"简小执，你写作业了吗？"

门口传来戚亮的声音。

他刚跑完步，身上热气腾腾的，手却很冰。

之所以知道这个，是因为戚亮这个没良心的，一边说话，一边趁简小执没注意，直接利索地把手伸进简小执脖子里了。

简小执当场被冰得叫了起来，把院里的金映明给吓一跳，从狗窝里探出头，警惕地往四周看了好几眼。

"戚亮你是狗啊！"

戚亮笑得眼睛都眯起来。

"我就是想提醒你，你醉生梦死的时间不多了，还有一周就该开学了。"

"嘁，我当什么呢。"简小执摆摆手，"那不还有七天嘛，到时候匀出两天补作业就成。"

简小执着实是乐观了。

最后一天补作业，简小执别的科目都敢应付了事，唯独英语，那是真的不敢啊！

她现在要是敢应付英语卷子，明天开学姚春霞就敢宰了她。

可是又真的不会！

简小执都崩溃了。

她举着卷子，求天天不应，求地地不灵，明明往日里热闹得不像样，现在却觉得自己身处一片空茫茫的雪白森林，四周无人声援。

"这张卷子太难了！这张卷子我真的不会！我读不懂！"

简小执哀号着把卷子凑到金映明面前。

"来来来，你看，你会做吗？啊？"

金映明给吓得赶紧往后退。

简小执扭头对屋里看电视的魏国义喊："姥爷您看，狗也怕英语！"

"瞧你多大出息啊，没事把自己跟狗比。"

最后，简小执还是去了戚亮家院里，俩学渣肩并肩，迈着沉重的步伐去找隔壁院的张林昆，在张林昆恨铁不成钢的指导下，完成了此次寒假作业。

姚春霞一进教室，班上人齐刷刷地"哦哦哦"地起哄。

简小执起哄得最厉害："姚老师，您烫头了啊？"

姚春霞早就料到会有今天这结果，寒假期间赶了个时髦烫头发，结果烫完一看，跟被烧焦了似的，怎么想怎么后悔。这是她从教这么多年来，最不想开学的一年。

今天她做了很久的心理建设才迈进教室，结果——果然！

姚春霞把教案往讲台上一放，然后面无表情地扫了班级一圈。

班上人立马安静了。

简小执刚才最激动，现在低着头，乖巧如鹌鹑。

姚春霞满意地点点头。

"行，各科课代表收作业。"

没一会儿，班上"嗡嗡"的声音就开始了。

"收作业、交作业用嘴交吗？"姚春霞抄着手，站在讲台上。

这话一出来，班上立马又安静了。

"一个个的，我不招呼上，就一点不自觉。放个寒假，心都放散了吧，这学期都高二下期了，你们以为你们离高三还有多久，啊？一学期时间你们以为很长吗？除去周末、放假的，再来个运动会，再搞个什么运动会彩排，你们以为还剩多少时间学习？在学校里统共就这么点时间，还有心思关注别的呢？交个作业都叽叽喳喳，心一点不静！心不静怎么学习！"

姚春霞越说越激动，最后一拍讲台："裴树生！"

裴树生吓一跳，身子都抖了一下。

"上来看着点儿，我去开会，谁说话记下名字给我！"

姚春霞一走，班上立马开始"嗡嗡嗡"起来。

姚春霞肯定会杀个回马枪的，简小执特清楚。

现在还没到说话的时候。

她继续低着头，认真钻研课桌的纹理。

果然，下一秒，姚春霞就杀了个回马枪，重新出现在教室门口。

"段多多、陈国富、尹典……还有那边那一块，你们说什么呢？老师刚走就说啊？都拿着书本站后头去！裴树生你也是，班干部就负起责，这仨人说话你怎么没记名字呢？"

裴树生怎么可能记名字，他是对谁都好的那种人啊。简小执乐滋滋地想。

姚春霞又走了。

这回谁也不敢立马说话。

戚亮抻长脖子目送姚春霞走下楼梯，确认这回是真的走了。

"警报解除！警报解除！"

班上同学松了一口气。

尽管每学期开学的时候，老师都要这么强调一回这学期的重要性以及紧急性，但事实就是，大家还是该吃吃该喝喝，该玩玩该乐乐，跟以往没什么区别。

尽管姚春霞说这是高二下学期怎么怎么样，但事实就是大家还是莫名其妙地混过了半学期，然后运动会该来了。

今年天气热得有些早，现在才四月份，班里已经开了风扇。

轮到简小执做值日，她擦黑板够不着，从外头进来的戚亮顺手接过她手里的黑板擦帮着擦。

粉笔灰落到戚亮头上，简小执就让戚亮弯腰："你跟一夜白头似的，低头，我给你把粉笔灰抖掉。"

戚亮照做了。

这么听话，看着是真的像自己家养的金映明。

简小执控制不住地嘴贱，逗戚亮："哎呀，好乖。"

戚亮愣了一下，把手里的黑板擦往黑板上用力一拍，一片白灰雾扑来，简小执呛着了咳得不行。戚亮因此趁机把手上的白粉笔灰悉数抹在简小执脸上。

"哪有你乖。"戚亮笑呵呵的。

两人正在暗自较劲，姚春霞进来了。

一看这漫天粉笔灰的架势，姚春霞先愣了一秒，再一看讲台上戚亮和简小执那傻不愣登的两人，立马右脑瓜子就疼了。

"这么大灰还开风扇？是嫌粉笔灰不均匀吗？"姚春霞走到讲台，"还有戚亮和简小执，你俩都多大了，我给你们俩办个奥运会

106

比比呗，看谁更乖?"

班上一片哄笑。

戚亮舔舔嘴唇，有些不好意思，瞪了简小执一眼。

简小执能示弱吗? 她当场瞪了回去。

两人不知不觉又开始了新一轮的较量。

姚春霞右脑瓜子更疼了。

"嘶——赶紧回座位去!"姚春霞把手中的教材放到讲台上，"这节班会课我来上，主要讲一下运动会的事情。"

"哇!"班上同学立马兴奋了。

段多多连忙跟周围同学说: "看看看! 我说吧，我老早就知道这个消息了! 我消息灵通吧!"

戚亮摇摇头，不愧是跟简小执玩一块儿的人，两人合一起能吵死鹦哥。

"安静! 马上就高三的人了，还整天想着玩呢……"

姚春霞又开始了。

戚亮趴在桌子上，无聊地晃神。

好不容易熬完这节班会课，戚亮跟着姚春霞去办公室拿运动会项目表，一摊子事弄完，回了教室，哪还有简小执的身影。

戚亮气得不行——可以啊，以前她被留下来俩小时，自己都还假借"训练"之名等她呢!

简小执这人忒不够意思!

这实在是误会简小执了。

简小执放学忙着去抓毛毛虫，姚春霞话一说完，她一溜烟就不见人了，别说等戚亮，连段多多都没等。

不知情的戚亮拿着报名表去简小执院里找她，顺带告诉她得跑女子 800 米的噩耗。

呵，这就是得罪体育委员的下场！

戚亮咧嘴冷笑，推开院门，看见简小执在院子里给石榴树浇水，水把胸口打湿了。

戚亮看见了，第一反应是哈哈大笑："简小执，你多大人了还穿儿童背心啊？"

啧。

这是人话吗？

简小执气得拿水管子喷他。

"我好歹是个异性，请你注意言辞好吗！"

"这我是真没看出来啊。"

简小执心想，既然你不仁，就休怪我不义。她本来还觉得自己打算那么做有点过分，现在觉得其实一切冥冥之中早就注定了！

晚上，戚亮吃完饭，洗了碗，拿着剪刀，去剪茉莉，打算晒干了泡茶喝。

结果刚一凑近，他就看见纤细的茉莉枝条上，趴着一条比枝条粗三倍的毛毛虫。不仅如此，他还发现，自己刚才一点没防备，现在觉得脚底下有异样。

他颤抖地移开脚。

一条肥硕的毛毛虫，被他踩扁了。

绿色的汁液沾了一地、一拖鞋。

"呕——"

戚亮奔去水池边狂吐。

简小执趴墙头，看完了全程，哈哈大笑。

"活该！"

"简小执你烦不烦！亏你想得出来！"

"你才是呢！大男人怕毛毛虫，羞死了！"

……

魏芊芊摇摇头。

魏国义一边逗鹩哥，一边也摇了摇头。

运动会开幕仪式程序太多，站好队之后校长要讲话，然后是裁判代表讲话，然后是运动员代表宣誓。

简小执等得都要崩溃了。

"还没讲完啊！每回都这么些话，天天教育我们时间就是金钱，我看我现在这么穷都是被学校领导给耗的……"

姚春霞左手手臂上挎着包，夹着一沓卷子，刚好路过简小执身边，听到她嘟囔的这串话，乐了，然后又咳了咳，恢复正经模样。

"队列里保持安静啊，马上咱们班戚亮代表运动员上去宣誓了。"

说完，她抽出一张卷子，从包里掏出红笔，走到学习委员身边。

"你看你这道题，是不是错得有些可惜了？"

简小执叹为观止，拽了拽段多多的袖子。

"太可怕了吧，运动会还来讲题？"

段多多指了指班长所在的位置："讲题算什么，还有抱着单词本的呢。"

"我突然理解了为什么有的人考试成绩是个位数,而有的人能上北大。"

段多多看了简小执一眼,正要接话,见简小执眼睛突然亮了一下。

"戚亮上去了嘿!"简小执说。

戚亮今天穿得人模狗样的,具体来说就是校服拉链总算规规矩矩拉好了,举起手,握成拳,放在耳朵边,另一只手拿着麦克风照着字板念。

"尊敬的各位领导、老师,亲爱的同学,春天迈着矫健的步伐,我们总算在阳光明媚的今天,迎来了期盼已久的运动会!"

还春天呢,这都热成什么狗样子了。

简小执一看戚亮那正经的样儿就想乐。

她和全校同学一样,眼睛都看着戚亮,但她的眼睛里装的是她自己都不知道的笑意。

"在此,我代表全体参赛运动员,决心做到以下几点——"

姚春霞小声拍了下手:"快,跟着念啊,别走神!"

戚亮:"一,服从大会指挥,听从大会安排,遵守大会纪律,服从裁判员的裁决。"

底下学生跟着一起念:"一,服从大会指挥,听从大会安排,遵守大会纪律,服从裁判员的裁决。"

戚亮:"不迟到,不早退,讲文明,讲礼貌,讲卫生。"

学生:"不迟到,不早退,讲文明,讲礼貌,讲卫生。"

戚亮:"努力拼搏,认真比赛,赛出风格,赛出水平。"

学生:"努力拼搏,认真比赛,赛出风格,赛出水平。"

戚亮:"宣誓人:戚亮。"

学生："宣誓人：戚——欻不，赵国利／简小执／段多多……"

大家都乐了。

简小执念错了也跟着乐。

漫长的开幕仪式弄完之后，运动会总算是开始了。

一到看台能坐下了，简小执先把书包放在旁边，给戚亮占个位置，然后立马从书包里掏出小说，段多多也有条不紊地从书包里掏出零食。

姚春霞站在班级前边。

"一会儿都有谁马上要参加比赛的？"

稀稀拉拉有几个人举了手。

"好，这几个马上要比赛的同学去准备，然后其他同学写广播稿——简小执，你低头看什么呢？"

刚从主席台下来的戚亮，迎头听了这句话，脑子都没多想两秒，直接就说出了答案："姚老师！简小执在看小说！"

"嘶——"

简小执扬起手里的书就要往戚亮身上招呼。

这什么人啊！早知道不给占位置了！这可是看台最后两排的黄金位置呢！

戚亮刚坐下，简小执就骂他："你一天不跟我过不去你是不是就不舒服？"边骂边捶他。

戚亮灵活地躲开简小执的攻击，一边还优哉游哉地告状："姚老师您看，简小执打人！"

姚春霞扶住额角。

"我也不指望你俩为国家社会做多大贡献了，就不能给我一点

111

安宁吗？"姚春霞隔空指了指戚亮和简小执，"这么闲的话，广播稿就你俩写了，每个人写十条啊，一会儿我趴喇叭下听，要是没咱班的稿子——"

"姚老师！我走体育路线的！现在脑细胞用太多的话，一会儿跑步就供血不足了！"戚亮噌一下站起来抗议。

"姚老师！我走文化路线的！现在写太多稿子，我的脑细胞都奔着文采去了，一会儿跑步该没有策略了！"简小执紧随其后，也噌一下站起来抗议。

"你俩啥路线都不用走，给我走正常人的路线就得了。别磨叽，有这工夫三条广播稿都写完了。"

班上人看戚亮和简小执悻悻地坐下，一脸末日哀愁模样，全都默契地闷着笑。

"怎么办啊，写啥啊？"戚亮郁闷地问简小执。

简小执扬起下巴："这就是你平时书看太少了，关键时刻没有话了吧？"她晃晃脑袋，"多向我学习学习，你看我随时随地都捧着一本书——"

戚亮翻了个白眼。

可不嘛，家里养的狗起的名儿都是照搬的。

戚亮眼睛向下一睨，照着简小执腿上翻开的小说读：

"他的眼睛深不可测，看进去像是掉进一片墨色深海，在那深海深处，却是彻骨的薄凉与冷血。但不知道为什么，她就是觉得他其实非常孤独，像是被锁在高塔里的王子，冷傲中透着……"

"戚亮，你有病吧！你念我小说干吗？"简小执脸红了，当即合上书，羞耻地怒吼。

戚亮笑得跟个弯折的圆规一样，整个人都要叠起来。

"见识了见识了！不愧是书不离手的文化人！"

"啊啊啊，我跟你拼了！"

闷热的天气，阳光跟个透明罩子一样网在人身上，操场上小彩旗到处都是，不远处跑道上传来枪声，穿着荧光色号码背心的比赛选手像离弦的箭一样冲出起点，空气里一股零食、饮料、冰棍等融合在一起的味道。

段多多托着腮，看看戚亮，又看看简小执。

她眨眨眼。

不知道为什么，段多多总觉得这两人之间有种外人插不进去的氛围。

补充日记——

2006 年 1 月 7 日

天气：2006 年的第一场雪，比以往来得晚一些。

我要养狗，但是姥爷不让。

但我不让他不让，我奋起反抗了。

因为我真的很想养。狗狗看我的眼神，老让我想起爸爸看沈阿姨的眼神：好像她是天底下最漂亮芳香的花，最值钱的宝贝，最温柔的期待和念想。

我必须得养这只狗。

姥爷从来不问我为什么想养那只狗狗，他就直接否定了。

113

姥爷真的很不讲道理，说话根本说不通，不怪我每次一跟他说话就暴躁。

但凡他讲点道理，我也不至于这么烦他！

……

我现在发现，我们都是要求别人讲道理，可自己一点也不讲道理。对待亲人，尤其是这样。

很多时候怪姥爷不够相信自己，可回首看一看，自己好像也没做几件能让姥爷放心信任的事。

很多时候怪姥爷不问自己，可是我自己也没试着开口说啊。

幸好有戚亮。

第 五 章

喜欢的人
MoliHutong

2006 年 6 月 2 日

天气：热就完了！

最近真的是丰收的季节！看了好多好看的小说！

《龙日一你死定了》好好看！

想把"金映明"改成"龙日一"。

但是我觉得它应该挺不乐意。

啊啊啊，借了陈晓梅的《天使街 23 号》看，我整个人简直要哭死了！我怎么那么喜欢金月夜啊！

可能把"金映明"改叫"龙日一"它不习惯，但是改成"金月夜"应该可以吧！这俩发音挺像的，可以！定了！

从今儿起，金映明就叫金月夜！

我为什么要叫简小执，我希望我叫简佑慧。

……

段多多也来不及多想，很快就到她比赛了。

广播里开始通知，让参赛选手准备。

简小执的注意力从戚亮那里收了回来，紧张兮兮地捏段多多的腿。

"没事！不要慌！跑就对了！名次什么的不重要！"

段多多本来不紧张，被简小执这么一通加油打气，她觉得心跳开始加速了。

"你可闭嘴吧。"戚亮白了简小执一眼。

段多多站起来，手捏成拳头，放在胸前，为自己鼓劲："没事！我一直都文静贤淑，跑不了多快，大家也都知道！"

"多多啊，刚才那番话确实有些失真了。"简小执拍了拍段多多的背。

段多多不管那么多，手一伸。

简小执连忙递上水。

"一会儿你记得给我加油。"段多多一边喝水，一边叮嘱道。

"必须的！"简小执斗志昂扬，不知道的以为是她要跑。

段多多去拿号码牌了，简小执重新坐下，目光一直跟着段多多。

一片祥和气氛。

简小执突然眉头一拧。

"那些人怎么回事，怎么在跑道边围着呢？这样一会儿人怎么跑？”

简小执噌一下站起来。

“你干吗？”戚亮手疾眼快地拉住简小执。

“别人我管不着，我去帮我家多多清理跑道去！”

“姚老师说了不让乱跑。”

“你什么时候这么听话了？”简小执挣开戚亮的手，“我知道，一会儿我也要跑，你想让我保存体力乖乖待着，但是我平时追金映明都不止这点路程，区区 800 米，小意思。”

眼见着简小执生龙活虎地奔着操场去了，戚亮无奈地摇摇头。

他还不知道她嘛，每天只要心情好、不跟姥爷有矛盾，整个人上蹿下跳哪有消停的时候，他是想拉住简小执写广播稿！

等等？

戚亮突然觉得事情不简单。

清理跑道有专门的老师和同学，她去凑什么热闹？就是不想写广播稿！就是想全推给他！

戚亮咬着牙，心里默默骂了几句脏话。

简小执则跟戚亮完全相反，躲掉广播稿的她喜笑颜开地奔到跑道旁。

段多多的位置刚好在靠近操场内侧的那一边，简小执就站在跑道外，笑嘻嘻地跟段多多说：“一会儿你放心跑！我陪你一起跑，帮你清理围观群众！”

段多多很感动。

她还没来得及抒发情感，裁判已经举起了枪。

“嘭——”

枪声还没落地，所有人跟离弦的箭似的齐刷刷冲出去。

有一个人影领先所有人，大家都在认那是不是自己班的同学。

戚亮一看，那不是简小执吗！

她全程在跑道外陪跑，始终保持领先段多多一米的距离，就在前面跟个保安似的，大老远就听见她闹哄哄地赶凑在警戒线前看热闹的人。

快到终点了。

戚亮收回目光，胜负已经定了。

他低头专心憋广播稿。

只听操场里突然爆发一声耳熟的哀号："我没参赛！老师您误会了！"

戚亮一脸蒙地抬起头。

就这短短两秒，简小执又出什么幺蛾子了？

他把本子和笔放下，三步并作两步，连忙冲到操场。

他扒开围观人群走进去。

简小执一见他跟见着救星似的："戚亮！救我！"

——原来那会儿要到终点了，一直在跑道外陪跑、并且一直领先所有人一米的简小执，被旁边老师误以为也是参赛选手，非常激动地把简小执往跑道里一推。

"小姑娘真豪横！第一名！"

于是有了戚亮在看台听到的那句哀号。

知道全部过程的戚亮目瞪口呆。

他真是想破脚指头也没想出来简小执还能造出这种奇闻逸事。

明明开始和过程都非常合理，怎么结局就这么出乎意料呢？

戚亮走上前，把简小执拖到自己身后，挡住怒火冲天的其他选手的杀人目光，他清了清嗓子，脑子飞快运转思考着该怎么解决当前这个情况。

没等他思考出来，姚春霞顶着她新烫的小卷儿头发，穿着高跟鞋，风风火火地来了。

"简小执，真成你，净给我找事。"

姚春霞恨铁不成钢，她本来头发烫失败了就不想见人，一早躲在裁判室了，结果——

"说没说过不让陪跑？说没说过安生在自己座位上待着？"姚春霞一边骂简小执，一边不动声色领着简小执走了。

戚亮十分有眼力见儿地也跟着走了。

段多多看看裁判，又看看远去的姚春霞。

"老师，您看，我刚才是不是跑了第一？"

裁判也有些蒙圈，问旁边的助理裁判："秒表按了吗？"

"按了按了！"

"那行，那就不重跑了。"

录完成绩一看，因为简小执在跑道外始终毫不费力领先一米，大家都觉得自己受到了侮辱，于是纷纷追着她这个编外人员跑，反倒成绩都提升了一些。

姚春霞一早在裁判室等着，得知这个结果一点不意外。

她淡定地喝了一口茶。

"我们班孩子，个顶个的优秀。"

"拉倒吧，简小执上次月考数学不还只有二十来分吗，陈组长都气乐了，说她以一己之力拉低平均分。"

"那人家英语上次月考及格了怎么说？老盯着人短处呢。"姚春霞把杯子放下，斜了旁边老师一眼。

"那还不是因为你天天给人开小灶。"旁边老师摇摇头，"还不收钱，你说你图点啥呢。"

"图我觉得她变了。以前老看她心不在焉的，心思也不知道放在哪儿的，结果分班之后，那是肉眼可见地认真了，既然她肯学，那我就必须得帮。"

简小执不知道一直没给她好脸色的姚春霞在别的老师面前这么夸她，她就知道姚春霞领着她出了人堆，走了一会儿，就招呼戚亮把简小执带回班级去。

"安生点儿啊。"

"得嘞！"戚亮应一声，"我保证看好她！"

简小执挺不开心，一路瘪着嘴，闷闷不乐地往看台走。

"还傻呢？"戚亮问。

"你才傻！"

"姚老师这是在救你！不然你以为你要是留在那儿，现在不得被活剐了，还能在这儿生闷气啊？"

简小执眨眨眼。

恍然大悟！

"所以是姚老师先骂我一顿，这样别的老师和同学就无从下口了！然后便偷偷着把我带出了'战场'！"

姚春霞真的是好人！

简小执热泪盈眶。

之后的比赛里，她比得那叫一个激情勃发，一路凭一身蛮力吊

120

打其余选手。

最后回家路上，简小执坐在戚亮自行车后座，一边吸溜冰棍，一边回想："今天虽然各种状况百出，但最后成绩确实十分瞩目。"

简小执拍了一下戚亮的背，问他："我今天是不是大放异彩了？"

戚亮嘴角翘了翘。

"放了。"

"啧，你连着一起说！不然听着不像好话！"

一回茉莉胡同，刚到胡同口，简小执就跳下自行车，飞奔着回家。

魏国义躺在藤椅上休息，大老远听见简小执的脚步声，掀起眼皮瞄了她一眼。

"路上捡钱了这么高兴？"

"她今天运动会得奖状了。"

没等简小执开口，紧跟她身后跑来的戚亮率先说出这句话。

简小执尖叫一声："戚亮你是狗啊！我要自己宣布这个好消息！"

戚亮做了个鬼脸，脑袋缩回去，回自己院了。

魏国义好笑地摇摇头。

他揉揉耳朵："你俩声音小点儿，我没聋呢。"

"姥爷，姥爷，我得奖状了！"简小执凑过去，同时从书包里拿出折都不敢折、仔细卷着的奖状，小心翼翼地递给魏国义，"姥爷，您看！"

"哟，还好几张呢。"魏国义笑得合不拢嘴。

"那是！"

简小执就差跟着金映明一起摇尾巴了。

"我甩第二名半圈呢！"

"就这个跳远，我一蹦过去，全场惊呼！那一刻，我不是在跳远，我是在弹射！"

戚亮在隔壁，这些动静听得清清楚楚，笑得捶桌子。

魏芊芊也无奈地笑。

"真是个活宝。"

戚亮擦眼角笑出来的泪："可不嘛。有她在这日子可好玩多了。"

吃晚饭的时候，下了场雨。

简小执端着鱼汤站在屋檐底下，雨水顺着屋檐往下滴落，"哒哒哒"的声响。一串一串的水珠连成线，以一种轻快的节奏砸在院里的砖片、石头缝里，劲道的水珠变成水流，顺着缝儿蜿蜒，很快和别的水流相遇，交融，缠绕，叠加在一起，纷纷朝着排水口涌去。石榴树的叶子在风里飘摇，看着像是在朝天空挥手，如同满树挂着风车。

"喝完了吗？"魏国义在屋里问简小执。

简小执这才回过神，几口把碗里的鱼汤喝完。

"姥爷——"

简小执话没落地，便被她姥爷截住了话头："不许去隔壁找戚亮玩，人家要比赛了。"

"他不是一年四季都有比赛吗？"

"听你魏婶说这次要是结果好的话，可以去国青队，你少去打扰人家啊。"

行吧。

简小执撇撇嘴，规矩地回了自己的房间，拿出刀具和木头，开

122

始练手。

雨停了，时间也不早了。

茉莉胡同里家家户户落了灯。

魏国义以为简小执学习呢，他一边感到欣慰，一边担心地敲了敲简小执房间窗户："看着时间啊，可以睡了。"

"知道！"

第二天去上课，戚亮单腿跨在自行车上，车把照例挂着猪肉大葱包子，简小执一边往书包里塞书本作业，一边匆匆忙忙地赶出来。

"我自行车又忘打气了！"简小执一拍脑门儿。

"就没指着你记得过。"戚亮把书包丢给简小执，"上来吧。"

"包子先给我。"

"这你倒是记得。"

到了学校，早自习是姚春霞的。

开始早读之前，她先把书本往讲台上重重一放。

"来，都打起精神啊，昨天运动会，那已经是昨天的过去事了，现在都收心，好好学习。你们以为时间还很多吗？进入高三之后，时间一晃就过去了，现在高二下学期是大家比别人提前努力的时候，一定要抓紧……"

简小执打了个哈欠。

姚春霞瞪了她一眼。

简小执连忙收好懒散的模样，挺直腰杆坐起来，乖乖点头，一副狗腿子模样。

姚春霞好笑地移开目光。

"行，课代表带着早读吧。"

英语早自习之后就是英语课，姚春霞花了十分钟讲了新课，然后抽出卷子："来，我们操练一下。"

简小执又开始打哈欠。

这下姚春霞不瞪她了，因为全班同学基本都是死鱼状态。

姚春霞叹了一口气。

"来，看看阅读理解，这一组，一人翻译一句。"

这话一落地，原本昏昏欲睡的班级氛围一下子振奋了。

简小执一看，这不就是自己组嘛！

这还有什么瞌睡，她立马精神了，连忙探个脑袋从开始数，数到自己是第几句。

1234567——

欸！自己翻译第七句！

简小执连忙低头看原文，一看脑子就晕了，好长一句话！

不行，不要慌，姚老师说越长的句子越要找准主谓宾……

主谓宾……啧，这个单词啥意思！

简小执连忙转身拿英语词典要查，结果同桌沈林已经拿着词典在翻了。

"快快快，马上就要轮到我了，快点！"简小执急得不行。

她一边催沈林，一边偏过头看到哪位同学了，眼瞅着即将到自己了，正在焦急，桌上突然被丢来一个小纸团，展开是清秀的字体。

上面正写着第七句的翻译。

简小执抬头。

是裴树生。

他无声地用口型说："不用谢。"然后扬起嘴角笑了一下。

简小执怔住了。

直到裴树生都回过头了，简小执都还在发愣。

太帅了！

简小执笑得眼睛眯成一条缝，仔仔细细地看了三遍写着答案的字条，把那字的横竖撇捺都记在心底了。

字如其人啊，优雅俊秀。

真好看。

简小执抿着嘴偷笑，连晚上回了家都还魂不守舍的。

魏国义一看简小执那傻乐的模样，纳闷儿了："怎么了这是？"

"姥爷，您看裴树生这人怎么样？"简小执问。

魏国义哼了一声，简小执心里想什么他门儿清。

"你姥爷我这辈子别的不行，看人还行。这个叫什么树生的，我也知道你一直在偷摸惦记着，但我说句实话，这人马尾穿豆腐——提溜不起来，你趁早死了这条心，那不是什么好人。"

简小执不满意了："什么啊？您知道他成绩多好吗，好几次都超过张木棍了。"

"汉奸成绩也好。你姥爷我这辈子最恨的就是汉奸。我又不是没见过那个油头粉面的家伙，放战争时期，妥妥的卖国奴。"

"啧。"

老顽固。

简小执不理魏国义了。

"我说真的，他哪儿有戚亮好。"

简小执翻了个白眼："是是，在您眼里，天底下谁能比得上戚亮啊。"

　　说曹操曹操到，戚亮正巧迈进院子。

　　"你背着我说什么坏话呢？"戚亮听见简小执上句话的结尾，立马问道。

　　"夸你呢。"简小执看蚊香有些蔫儿了，连忙举起来，对着吹了吹。

　　白色的烟袅袅升起来，简小执晃晃脑袋，把刚才猛一下子窜进鼻腔的蚊香味赶出去。

　　"快快，江湖救急。"戚亮趁着魏国义别过头进屋子的时间，从 T 恤底下拿出几本杂志。

　　"不是吧，魏婶又要打扫你房间了？"简小执把那几本杂志接到自己手里，封面无一例外全是衣着清凉的女孩儿。

　　戚亮心有戚戚："别提了，我之前有本特好看的，被她搜着了，从此我再也没见过它。"

　　简小执翻了翻这些杂志，摇摇头。

　　肤浅。

　　就这，姥爷还说他好呢。

　　不知道姥爷怎么寻思的。

　　简小执朝西边指了指："我帮你藏了这么多杂志了，你就没什么表示？"

　　西边是小卖部。

　　戚亮立马就懂了。

　　"等着！"

　　简小执心情很好地哼着歌回了自己房间，从床底下拉出一个纸箱子，里面俨然已经有了小半箱的杂志，都是戚亮寄存在她这里的。

她随手抽出来一本，趴在床上，左手托腮，右手翻页。风扇被搬到椅子上，对着她吹，屋子外边是夏天夜里的闷热和蝉鸣。

"噔噔噔噔……"

有脚步声接近。

戚亮回来了。

"赵阿姨说晚上不要吃太多冰的，只卖给我一根。"

戚亮撕开冰棍包装袋，掰开冰棍，大的一半给了简小执。

简小执接过去，看向戚亮的眼睛有些躲闪和羞涩。

"你，有没有喜欢的人啊？"

戚亮坐在靠床边的地上，单腿屈着。

他背过身，指着简小执正在看的杂志，点了点一个女明星。

"她。"

简小执翻了个白眼："庸俗。"

她摇摇头，手托着下巴，眼睛看向窗外。

冰棍吃完有些甜，齁嗓子，简小执想起来冰箱里有酸梅汁，她用脚蹬了蹬戚亮的背。

"帮我来一杯酸梅汁。"

"没长脚？"

简小执笑着坐起来，推了推戚亮："快点啦。"

"懒死你得了。"戚亮坐起来，趿拉着鞋，挺不耐烦地去了厨房，拉开冰箱，倒了两杯酸梅汁来。

走回房间的时候，简小执从原先坐在床上的姿势变成了坐在地上，脑袋正对着电风扇，伸手接过戚亮递来的酸梅汁，"吨吨吨"

一口气喝完。

"爽！"简小执一抹嘴，"再来一杯！"

我就知道。

戚亮把第二杯酸梅汁递给她。

第二杯酸梅汁比第一杯盛的时间久一点，杯壁上有了一层浅浅薄薄的雾气。

简小执接过去，这回她斯文了一些，喝了三口就停下，然后伸出舌头给戚亮看："红了没有？"

戚亮翻了个白眼："无聊。"

简小执嘿嘿笑，然后又转过头，张着嘴朝电风扇背韵母表前六位。

"a——o——e——i——u——ü——"

声音被风一搅，颤抖曲折好几倍。

"简小执。"戚亮拍了拍简小执的头，又把被风扇吹乱的刘海给她拨到一边。

"干吗？"

"简小执。"

"嗯？"

"简小执。"

"你逗狗玩呢？"

简小执总算反应过来了。

她龇着牙，一副凶巴巴的样子去掐戚亮的脖子。

戚亮笑着躲开，单手禁锢住简小执："别动，本来就热，越闹越热。"

屋子外头蝉鸣，好像还有青蛙的叫声，夏虫鸣响不间断，尽管

128

天已经黑了，但是闷闷的热还是一阵一阵地扑涌上来，偶尔一点热热的风，跟着风一起窜进来的还有院里晾晒衣服的洗衣粉味道。

简小执突然觉得这日子有点岁月静好的那种感觉，她晃了晃戚亮的手臂，说："戚亮，我们一辈子都在一起好不好？"

"我还得找媳妇儿呢！"戚亮十分惊恐地护胸。

"哎，真是的！"简小执气不打一处来，好好的伤感被搅和了，"我是这意思吗？"

这一周是裴树生在校门口检查仪容仪表。

所以，简小执每天可在意形象了。

她远远地看到裴树生，脸上就露出一个温柔贤淑的微笑。

戚亮停好自行车，把豆浆递给简小执，看她这不同寻常的表情，沉默了半秒，不可思议地问道："你嘴抽筋儿了？"

"滚滚滚！"

然后，她悲摧地回头，看到裴树生正看着她温柔地笑。

还好还好。

在裴树生那儿还有形象。

一看戚亮，她更是气不打一处来："你下次能不能给我留点面子！"

"我留了啊！"戚亮很冤枉，"你嘴角有馒头渣。刚才当着那么多人面儿，我都没说出来！"

简小执当场昏厥。

"戚亮，你成心的吧！"她追着戚亮打。

姚春霞大老远就看见这俩冤家了。

"简小执、戚亮，你俩又怎么了，赶紧回教室去！"

这就算了，关键是祸不单行，下午发周考卷子，简小执地理考得那叫一个差啊。

更奇特的是，地理老师是刚毕业的年轻老师，瘦瘦娇小的女孩儿，平时教课非常尽心尽力，这次三班的地理考得特别差，地理老师晚自习讲卷子的时候泪汪汪的，给大家整得非常愧疚。

尤其是简小执。

她叹了一口气。

学习可真难。

晚上，她一个人在屋顶对着月亮难过惆怅。

戚亮寻思早上好像把简小执惹毛了，于是这下子来补偿她，也跟着爬上屋顶，坐她身边。

他问："怎么了这是？"

"地理考太差了。"

"没关系，我今天瞄一眼卷子，还有个大傻子地理才考43分呢。"

简小执眼泪一下子就落下来了。

"我就是那个大傻子……"

简小执不开心。

很不开心。

如果一定要分析一下为什么不开心，更多的原因还是觉得自己不够好，总是有欠缺，付出的没有得到回报。

应该就是所谓的挫败，还有害怕重蹈覆辙的恐慌吧。

戚亮不清楚这些，他老觉得是自己一番话让简小执更加不开心了。

他琢磨了一下，拉着黯然神伤的简小执下了屋顶，跟魏国义打了招呼之后，把简小执牵到屋里，按着她肩膀让她坐下，然后熟练地从电视柜里头拿出来几个纸杯，倒扣在桌子上。

"等我一下。"

戚亮走出去，在石榴树底下寻摸半天，捡了块小石头，放水龙头下面冲干净，把小石头放在倒扣的纸杯下面。

"你来猜石头会藏在哪个杯子里。"

"我没心情玩。"简小执瞥了一眼，兴致缺缺。

"猜对了给你买《天使街 23 号》第二部。"

"来来来！"

戚亮每次藏的动作都很明显，简小执一下就猜出来了。

"你是不是放水哄我玩呢？"简小执问戚亮。

戚亮笑了笑："那你来藏，我来猜？"

"好。"

简小执把石头藏在其中的一个杯子之下，胡乱换了换顺序，然后让背过身的戚亮转过来猜。

"这个！"

戚亮指着中间的杯子。

简小执不太确定地掀开杯子。

"猜对啦！"

再来一轮。

"这个！"戚亮指着左边的杯子。

简小执这回长记性了，换杯子时自己也记着石头放在哪个杯子下面的，所以她很肯定地说："猜错了。"

戚亮却十分坚定地摇摇头："不可能。"

"嘿，你这人，我骗你干什么！"简小执打开左边的杯子，里面确实是空的。

"那在哪儿？"戚亮疑惑地挠挠头。

"这里——"简小执打开右边杯子。

里面除了一块石头，还有一颗大白兔奶糖。

简小执乐了。

"你这人，花样儿还挺多。"简小执撕开奶糖的糖纸，"什么时候放进去的啊？"

"趁你开左边杯子的时候。"戚亮眯着眼笑，他呼噜一把简小执的头发，"这下不难过了吧？"

岂止是不难过，简小执还开心了，还振奋了。

"戚亮，谢谢你。"简小执认真地道谢。

戚亮看了简小执一会儿，居然率先别过头，忸怩含糊地说了句"不用"。

不过，简小执没有在意那么多。

重要的不是失败，而是失败后站起来。

简小执一寻思自己成绩不行，啥都不行，而裴树生呢，笑起来很温柔，长得很好看……

多的也不了解了。

但了不了解的不重要，重要的是，那是裴树生，是很优秀的一个人。

132

所以自己也要变得很优秀，那就得做出改变才行！

于是，简小执开始控制饮食，节食。

戚亮一开始是没发觉的，是周末晚上自己家做春饼，往日起码五张春饼起步的简小执，今天居然只吃了一张春饼！

这不科学啊！

不仅如此，她的吃相也十分斯文，那细嚼慢咽的架势，跟平时甩开腮帮子吃的饿死鬼投胎模样截然不同。

"你怎么了？"戚亮问。

"看不出来吗，我在减肥啊。"简小执咽了下口水。

"好端端的减什么肥。"戚亮卷了张春饼，塞到简小执嘴里，"赶紧吃吧，我妈算上你和姥爷的份儿一起做的，结果你就吃一张，你忍心吗？"

"行，那我吃完这一顿再继续减。"

魏芊芊补了一盘黄瓜丝回来，正好听到两人对话的结尾，顺嘴接了一句："减什么啊？减肥？"

"嗯。"

"怎么，有喜欢的人了？"魏芊芊一脸过来人的表情。

一直在旁边沉默、专心卷春饼的魏国义，一下子就不乐意了："喜欢什么喜欢！她现在就应该只喜欢学习！"

"小执上次月考不是进步了吗？"

"结果这次周考又退了！"

俩大人开始讨论起学习和成绩。

简小执松一口气。

戚亮看看两位大人，又看看今晚上斯文的简小执。

他稍稍动动脑子，一思索，懂了。

他叹了一口气，不过倒也难怪，每次她难过了，不管有意无意，最后都是自己陪在她身边。

真是，不动心都难。

戚亮晚上躺床上越想越觉得这事不能忽略掉。简小执的成绩好不容易有了起色，可不能因这种事情耽误学习。

主要是他现阶段也忙着比赛，正是奋斗的好时候，小情小爱要不得。

第二天一大早。

戚亮坐起来，穿上拖鞋，噔噔噔地特意跑到简小执院里，把尚且在睡梦中的简小执摇晃醒。

"唉。"他先沉重地叹了一口气，"这事不好说，但是为了避免你受伤害，还是早点跟你说明白吧……"

简小执困得不行，不知道戚亮这一大早发什么神经，只想赶紧把他弄走，自己好继续睡觉。

"什么？"

戚亮深呼吸一口气，做了什么艰难决定似的。

"放弃吧。"

戚亮意有所指地扫了简小执一眼，然后害羞地移开目光，抱歉极了："真的，早点死心吧，你还是我最好的邻居、朋友、战斗伙伴。"

简小执一脸蒙。

是他没睡醒，还是我没睡醒？这人说什么梦话呢？

戚亮看简小执不说话，以为她难过忧伤……

他再次叹口气。

魅力太大也是他的错，朝夕相处，简小执怎么可能不对自己动心呢。

唉！

戚亮爱怜地拍拍简小执的肩："总之……你还是先学习吧。"

简小执终于从一大串问号和震惊里把自己的语言系统调整正常。

"哇，我可真是脑细胞想灭门了没琢磨明白你的脑回路啊。我就想问天问大地，或者迷信一下问问宿命，你怎么寻思的呢？你脑瓜子被乒乓球擦伤了吗？"

戚亮缓了一会儿，把自己从简小执的话里拔出来。

"你不喜欢我？"

"你说呢？"

"行吧。"

戚亮明明对简小执没意思，可还是被这么理所当然的一句反问给激出了点别的意思。

"那还能是谁？"问完，戚亮就彻悟了，"裴树生？"

"不然？"

这回戚亮沉默的时间长了一些。

"行吧。"

简小执不知道戚亮发什么神经。他莫名其妙地就黑脸了，然后也不多说别的，径直把她按回床上，自己一个人闷声跑步去了。

途中遇见魏国义，他也只是闷闷地打了个招呼。

"你又做什么了？"魏国义看戚亮状态不对，问简小执。

"我这回可真什么也没做啊。"

简小执以为戚亮就是突然抽风，过两天就好了。

结果，这人还真一直不搭理她。

得！爱谁谁！

她还不稀罕搭理呢！

就在两人莫名其妙开始赌气时，戚亮被选上国青队了，这周六就出发。

简小执顾不上赌气了，跑戚亮院里嘘寒问暖，十分不舍，最后还坐在茉莉花边，对着戚亮唱了一首《当你孤单你会想起谁》。

"你的心那么脆，一碰就会碎，经不起一点风吹……但是天总会黑，人总要离别，谁也不能永远陪谁……当你孤单你会想起谁，你想不想找个人来陪，你的快乐伤悲，只有我能体会，让我再陪你走一回……"

戚亮被折腾得脑瓜子嗡嗡的。

"想谁也不想你。"

简小执听到这话，瘪瘪嘴，怪难过的，又开始唱《莫斯科没有眼泪》。

"莫斯科没有眼泪，大雪纷飞，你冷的好憔悴……"

戚亮要被烦死了。

"大夏天你还冷得好憔悴，毛病是不是？"

他把简小执赶回她自己家，结果简小执趴墙头上，撑着下巴问他是不是青春期到了，怎么这么多愁善感。

戚亮说："我看我是更年期，易怒暴躁，你离我远点儿。"

简小执哼了一声，把自己做的茉莉香袋丢给戚亮。

"咱们都要分别了，你也不知道说点好话。"

"这是你做的？"

"不然？"简小执撇撇嘴，"虽然去国青队了，但也不能忘了咱茉莉胡同，送你一袋茉莉，清香芬芳飘万里。"

戚亮笑得眼睛眯眯起来。

"就去两周而已，又不是不回来了。"

两周不也挺长的嘛。

简小执心想。

晚上，简小执去张骥合爷爷家，张爷爷先是拿着她雕刻的小玩意儿看了看，说线条可以再简洁一些。

简小执站着，认真地听，时不时地点点头，表示知道了。

"还以为你只是一时心血来潮，没想到还真坚持下来了。"张骥合笑着看简小执。

他让简小执把手伸出来，看了看。

"干这行茧子是不可避免的，女孩子家的，想清楚没有？"

"想清楚了。"简小执郑重其事地点点头。

"嗯，那就行。去吧。"

张骥合看着简小执离开的背影，往常看简小执总觉得这人浮躁，静不下来，结果去年还是什么时候开始，感觉她踏实了很多。

手艺人最怕的就是浮躁，本来她天赋就不错，这一下再变踏实了，说不定以后真能成才。

张骥合点了点头，有些欣慰。

简小执出了房门，看张林昆半蹲在水池子边洗脸，院子角照常摆着桌椅，上面铺满了习题册。

"你还要学啊？"简小执诧异地问，"最近没考试啊？"

"马上要去宁波参加数学竞赛，得走两周。"张林昆抬起头，晃了晃脑袋，觉得自己洗了把脸，整个人清醒多了。

简小执内心毫无波动，只惦记着："宁波啊……那儿是不是靠海？欸，木棍儿，能给我带点海鲜回来吗？"

张林昆气得太阳穴一跳一跳的。

"戚亮在我这儿嘚瑟你送的茉莉香袋一下午了，我寻思同为胡同好友，你也能给我准备个，结果你就惦记着海鲜。"

简小执反驳："人家要去两周呢！"

张林昆："我也是去两周！"

简小执内心震颤。

同为两周,同为胡同好友,怎么张林昆的两周显得这么微不足道,而戚亮的两周则这么漫长?

不对啊。

她对戚亮不对劲儿啊。

意识到自己可能对戚亮有不一样的心思,这事把简小执吓坏了,天天上课魂不守舍的。

姚春霞好像生病了，这一天没来，段多多热情邀请简小执坐她身边去。

"戚亮走了，我这每天一个人坐俩桌，孤独得不行，你快赶紧来陪陪我。"

简小执有些犹豫。

她正对戚亮有复杂的情感呢！这，坐他位置上，不就更复杂了嘛！

　　"没事，姚老师反正不在，语文老师又不管我们——不是，简小执，你之前不是见天儿往戚亮的位置上挤吗？人家还在这儿你都能拿屁股把人拱走，现在你这是干什么？半天没见，你文明优雅了？"

　　这话说的。

　　简小执把课本往桌上一摔。

　　"坐就坐！"

　　算起来已经有一周没见戚亮了。

　　他好像是封闭训练，也没个联系什么的。

　　唉。

　　简小执坐在戚亮位置上，看着他课桌上拿铅笔写的还没来得及擦的英语单词，以及课桌抽屉里乱糟糟的课本……

　　唉。

　　简小执又叹一口气。

　　语文老师在上面讲课讲得好好的，净听简小执在这儿唉声叹气了。

　　"来，简小执，你来回答一下这个问题。"

　　简小执瞪大眼睛。

　　搞什么！

　　她压根儿没听到问的什么问题！

　　她一脸蒙地站起来。

　　段多多在旁边小声提醒简小执："选C！"

简小执连忙说："C！"

语文老师："你再说一遍？"

简小执："选B！"

语文老师："我再给你一次机会，'一蓑烟雨任平生'，上一句是什么？"

简小执沉默了。

简小执被罚做一周的值日。

段多多下课后笑得快要撒手人寰。

"哈哈哈哈哈，谁让你看着戚亮的文具盒发呆！"段多多说。

简小执手还拿着黑板擦呢，一听这话，连忙来捂嘴。

"你说什么呢！"

然后，她又紧张兮兮地环视了班里一圈，见没谁注意到这边的动静，才松了口气。

"你怎么了？"段多多奇怪地看着简小执，"怎么觉得你怪怪的？"

简小执叹了一口气："一言难尽。算了吧。"

两人又背过身，继续擦黑板。

裴树生这时候才抬起头，他看着简小执，眼神高深莫测。

虽然段多多在语文课上毫不犹豫地整了简小执一把，但她还是有良心的。简小执被罚做一周的值日，段多多每天下午都陪着简小执一起做值日。

最后一天的时候，段多多跟简小执一人提着一边垃圾桶，晃悠

140

着去倒垃圾。

路上碰见一只野猫，段多多蹲下来逗了一会儿，简小执站一边等她。

段多多说："有时候觉得自己好像很喜欢小动物，有时候又觉得自己其实是喜欢喜欢小动物的自己。"

简小执了然："年轻女孩子都觉得停下来逗流浪猫的自己很可爱，并且会担心如果自己不逗两下，不显得自己天真单纯的话，会被人认为自己很可怕。但稍微大一点之后，就可以不管这么多，大人有光明正大的理由冷漠孤僻。所以才很喜欢年纪大，想快点变老。"

段多多一拍脑门儿："你有时候说话还挺深刻。"

"我就是不轻易深刻，但凡我深刻起来，高考命题作文我都能写出一个诺贝尔来。"

"啧。"段多多翻了个白眼。

"真的！我就是，没发挥出来，你知道吧。"

"那您发挥一下我开开眼？"段多多一副很虚心的模样。

简小执骂了句脏话，笑着追着去打她。

两人嘻嘻哈哈地回了教室。

简小执惊叫一声。

她书包不见了。

"完了完了！我书包丢了，作业也丢了！"简小执喜出望外，"怎么办啊！我写不了作业了！"

她开开心心地回到家，才知道是戚亮回来了，书包也是他给拎回来的。

空欢喜一场的简小执逮着戚亮唠叨："你说你回来也不跟我说

一声。"

"你不是倒垃圾去了吗，我寻思给你个惊喜，让你误以为自己书包丢了，你看你回来的时候多高兴啊！"戚亮忍着笑。

"滚蛋！"简小执抬腿就踢戚亮。

吃了饭，简小执等戚亮去洗碗，自己躺戚亮床上看漫画。

戚亮一进屋，她翻过身，趴床边。

"牛啊，都混国青队了。"简小执胳膊撑起身子问戚亮，"怎么样，什么感觉？这两周有发生什么好玩的事情没？"

戚亮正要开口，看见现在简小执这模样，却突然觉得嗓子像是突然空出了一截，发不出清脆连续的声音。

他咳了咳，目光飘忽到另一边。

"你……你衣服。"

衣服？

简小执低头一看，自己今天穿的衣服领口有些大。

两人都默默红了脸。

真的不对劲儿。

戚亮想，不久之前，他看简小执浇花衣服湿了还能嘲笑她穿儿童背心呢！

简小执也尴尬地红了脸。

打破两人这种突如其来又莫名其妙的害羞尴尬氛围的是魏国义。

他端着盘西瓜过来，看两人各自拧着头，看向不同的方向。

"这才刚见面多久啊，又吵了？"魏国义头疼。

戚亮连忙起身，红着一张脸——虽然也看不太出来，他出去训练两周，回来更黑了。

他一边接过魏国义手里的西瓜，一边含含混混地澄清："没吵。"

"没吵你俩大路朝天，各看一边？"魏国义摇了摇手中的蒲扇，"亏我还想着你俩分别了两周，现在见面得激动一会儿呢。"说完他无奈地摇摇头，扇着扇子走出去了。

说者无意，听者有心。

戚亮和简小执一听魏国义这话，同时顿悟了：

刚才那种脸红心跳和无所适从，应该是因为太久没见了，有些生疏了，激动也不知道该怎么表达，再混上思念这种很玄的东西，难怪会脸红，会害羞。

应该不是喜欢上戚亮了。简小执拍拍胸脯，松了口气。

简小执拿起一块西瓜，咬了一口，转移话题道："咱去抓独角仙吧。"

她看了《银魂》，里面有一集银时三人去森林抓独角仙，碰上真选组一行人，闹出一系列笑破肚皮的事情，她就也想去抓独角仙。

"抓什么独角仙，还嫌不够热啊？"戚亮压根儿不当回事。

"走吧，我们都多久没一起玩了，感觉都生疏了。"简小执光脚踢了踢戚亮的小腿。

"哪儿就生疏了？"

"你来，来。"简小执掰过戚亮的脸，让他看着自己，"不生疏，你为什么不敢跟我对视？你是不是已经有了更好的朋友，然后不要我了？"

缺心眼儿的丫头。

戚亮哭笑不得地捏简小执的脸："走走走，独角仙，抓独角仙去。"

周五放学铃刚响，简小执就噼里啪啦开始收拾桌上的东西，态度积极，动作迅速。

同桌沈林都给吓着了："干吗去啊你？"

"跟戚亮约好了要去抓独角仙。"简小执动作不停，还不忘招呼坐在对角线的戚亮，"你动作快点儿！"

"咱这地儿没有吧。"沈林说。

简小执手一顿。

"没有吗？"

"废话，那玩意儿南方的吧？"沈林想，这还是戚亮告诉他的呢。

简小执正要继续问，戚亮已经收拾好书包，拎着过来了。

"让我动作快，结果你这么半天还没弄完。"

简小执嘿嘿笑了一下，她现在应该跟戚亮坦白"没有独角仙"这件事。

可是戚亮已经把书包收拾好了。

他坐在简小执前一个位置的课桌上，看着窗户外边的天儿，嘴唇半阖半启，喉结突出，下巴、脖颈、锁骨，连成一条蜿蜒曲折但又顺畅好看的弧线……

戚亮书包都收拾好了，现在说不去，太扫兴了吧？

而且他俩都多久没一起玩了啊。

都两周了呢……

简小执抿抿嘴唇。

如果说现在这种怪怪的心跳加速、无所适从的感觉，是因为和戚亮分开了两周，生疏了的话，那赶紧玩一玩，再熟起来，就……就不会再发生那种要么不好意思看戚亮，要么就一直傻愣愣盯着看的情况了吧?

太怪了那种感觉。

得赶紧恢复正常!

简小执默默给自己鼓劲儿加油。

沈林看看简小执,又看看戚亮,清了清嗓子,正要开口跟戚亮说话,简小执已经一巴掌拍在了他背上。

"你还不回家?"简小执瞪着沈林,示意他闭嘴,赶紧走人。

戚亮看简小执和沈林两个人又要闹起来了,连忙插嘴:"得,赶紧收吧。"

出教室前,沈林回头看了一眼。

戚亮正低头帮简小执抄黑板上留的作业,一边抄一边骂简小执:"老早就催我,结果你自己最慢。"

简小执以傻笑蒙混过关。

沈林那会儿还没开口就被简小执打断的话,是他想问戚亮,明知道现在没有独角仙,还答应简小执去抓,不是逗人玩嘛。

但是现在看看这两人的互动和气氛,他觉得好像如果把话说出来了,显得自己不识趣:戚亮看起来不想让他问,简小执看起来也不想让他说。

这两人搞什么名堂?

沈林摇摇头,慢吞吞地下楼了。

"欸,裴树生!你怎么还没回家啊?"沈林在自行车棚看见裴树生靠在墙边,低着头,像是刚和人说完话然后自己在思索的样子。

但是,没人啊?

沈林看了看,这周围只有裴树生一个人。

"哦，对啊，还没回家。"裴树生笑了笑，避开沈林的问题，"你怎么也没回？往常周五的时候，你不是早就走了吗？"

"和简小执说了会儿话。"沈林解开自行车锁，骑上去，"我走了啊！"

"好，周一见。"裴树生笑着冲沈林挥手。

看着沈林的背影越来越小，逐渐化成一个小黑点，裴树生皱起眉，叹了一口气。

"抓虫子最好是晚上，虫子都向光。"戚亮说。

"什么意思？晚上也没光啊？"简小执没明白。

"废话，白天全是光，怎么让虫子朝你来？"戚亮一脸恨铁不成钢的表情，"晚上到处黑咕隆咚，就你这儿一点光亮，虫子不是咔咔全往你这儿飞吗？"

简小执恍然大悟！

两人回到家，跟各自家长说了一声，就拿着胶水和手电筒，朝着公园出发了。

结果当然是没抓着。

"啪！"

戚亮又拍死胳膊上一只蚊子。

他挺郁闷："怎么蚊子就咬我？"

简小执坐在戚亮身边，偷着乐："你的血更好喝呗。"

"是吗？你什么血型？"

"不知道。"简小执摇摇头，"谁记那个啊！"

各种虫子都在叫，晚上的公园里，大人小孩儿都出来遛弯，挺热闹的。

戚亮纯粹是陪简小执出去玩的,结果一开始闹着要抓虫子的她,现在好像也不是很关心到底有没有抓着。

"要不回去吧?挺饿的。"戚亮又拍死一只蚊子,"我的俩胳膊都快肿起来了,全是蚊子咬的包。"

"也行。"

两人慢吞吞地沿着路边走。

走起来好了很多,戚亮总算脱离了蚊子大军,他心疼地吹了吹自己的小手臂,图什么呢,大夏天大晚上的,出来喂蚊子可还行。

"你欠我一顿饭。"戚亮越想越觉得自己脑子缺根弦儿。

"凭什么?"简小执惊恐地看向他,"改革春风吹满地,但没吹到我这里!"

张林昆老远就听见简小执的声音,他半弯腰从门口探了个头出来:"你们俩大晚上的不在家看《武林外传》,出去干什么?"

"拉倒吧,姥爷说《武林外传》里都一群疯子,他要看《乔家大院》。"

戚亮打断这两人的无意义对话。

"我要痒死了,你家有花露水没,我抹抹。"戚亮对张林昆说。

"等着!"

趁着张林昆拿花露水的时间,简小执把戚亮的手臂举起来,上面确实一片挨着一片的蚊子包。

"我给你抠十字儿吧?"简小执说完就要上手。

"别!"戚亮连忙把自己手缩回去,"你上次就说抠十字儿,结果劲儿太大,给我弄破皮了,后来一抹花露水,疼死个人。"

"这回我轻点儿。"

"你哪回不这么说的？"

"这回是真的！"

"反正不行。"

"嘶——你搞得跟我天天欺负你一样，"简小执眼睛一瞪，"我还特意给你做了茉莉香包呢！"

张林昆拿着花露水出来，正好听见这话，他接了句："还说呢，我现在听不得这四个字儿，一听就感觉自己那么多年的付出和辛劳荡然无存。"

戚亮："什么意思？"

"她偏心，只给你做了茉莉香包，没给我做。亏我还比你先认识她呢。"

虫鸣。

胡同树底下下棋老头儿的声音。

孩子嬉笑打闹而过。

简小执张了张嘴，不知道该说什么，只觉得脸上特别烫。

戚亮别开了头，过了一会儿又把头转回来，看着张林昆，嘴角是掩不住的笑意。

"你别瞎说。"

补充日记——

2006 年 6 月 2 日

天气：热就完了！

最近真的是丰收的季节！看了好多好看的小说！

《龙日一你死定了》好好看！

想把"金映明"改成"龙日一"。

但是我觉得它应该挺不乐意。

啊啊啊，借了陈晓梅的《天使街23号》看，我整个人简直要哭死了！我怎么那么喜欢金月夜啊！

可能把"金映明"改叫"龙日一"它不习惯，但是改成"金月夜"应该可以吧！这俩发音挺像的，可以！定了！

从今儿起，金映明就叫金月夜！

我为什么要叫简小执，我希望我叫简佑慧。

……

戚亮说"简小执"这个名字也很好听。嘿嘿。

第 六 章

作弊风波
MoliHutong

2006 年 9 月 17 日

天气：太阳当空照，花儿对我笑。

才知道裴树生原来一直都在关注着我。

好幸福啊！

考试的时候，居然会主动传字条给我！

啊啊啊，世界上怎么有裴树生这么温柔这么善良的

人啊！

……

张骥合爷爷是正儿八经的玉雕手艺人，之所以雕鸽哨，是因为

他喜欢鸽子。他说喜欢鸽子挥动翅膀的声音，也喜欢鸽子咕噜咕噜叫着的声音。

他说喜欢一个人的时候就好像是心底飞起了一群鸽子。

简小执坐在自家院里椅子上，看着这一方蓝汪汪的天。再过一会儿，张骥合爷爷家的鸽子该飞回来了。到时候，翅膀和鸽哨的声音会划破寂静的天空，它们会飘远，又会落回来，会升起来，又会降到屋顶上。

她原以为自己坚定地喜欢着裴树生，但不知道是年纪大了的缘故还是什么，她总觉得现在对于裴树生，没那么迷恋了。相反，她有时候，看着裴树生，甚至觉得他对于自己来说只是一个回忆里的符号，一种虚拟的形象，并不怎么真实。

那么，戚亮呢？

原以为戚亮对自己来说，就像张林昆一样，是玩伴，是朋友。可是——

啧。麻烦死了。

不想了！

现阶段最重要的是学习！前途和未来更重要。

简小执坐起来，伸了个懒腰，去水池边洗了把脸，清醒之后，回到自己房间打开风扇，调好角度，坐在书桌前，拿出书本和练习册，规规矩矩开始做题。

这一努力就努力到傍晚，魏国义回来的时候是哼着歌的，心情很好。

简小执问了才知道，这是每年一次的驯鸟比赛要到了。

东边李大爷也要参加比赛，他是今年刚养的鹦哥，早听说了魏国义的厉害，这不赶紧趁着时间到了魏国义和简小执的院跟前打听方式方法。

魏国义平生最好跟人聊自己养鸟儿的经验，但又好那点面子不肯显摆，于是一直憋着劲儿，今天算是逮着听众了，连忙来劲儿，一说就停不下来。

"咱家这鹩哥,别的咱不提,这种比赛得个第一名? 轻轻松松！"

简小执嘴里叼着冰棍，没忍住，乐了出来。

魏国义眉毛一竖，眼睛一瞪： "怎么个意思？你不信啊？"

"那哪能啊。"这每年一次的胡同鹩哥比赛，魏国义确实没输过，年年稳拿第一。

魏国义哼一声，有些得意地扬起下巴： "咱照顾得多精细啊。"

李大爷连忙问： "这怎么个精细法儿呢？"

"这快比赛了，你得每天给鹩哥喂面包虫，补充营养，然后呢，你得有序地增加训练次数，不断让鹩哥复习教过的语句，有的鹩哥在屋里说可好了，一到比赛现场，见了那么多人、那么多鸟，它怯场了！所以说你就得每天拎着它去人多的地方逛，只有经常去人多的地方，鹩哥在比赛的时候，才不会认生拘束……"

简小执站在一旁，脸上带着柔和的笑，她静静地听姥爷在这里传授经验。

从来都只知道姥爷喜欢这一类的东西，但从来没有静下心来真的跟着一起品悟。

魏国义一看简小执这认真听的架势，心里倍儿畅快，兴起又补充了好几项注意事项。

简小执听得津津有味。

她记住了。

原来得这么练鹩哥。

魏国义回头看简小执笑得人畜无害，当下心里咯噔一下，有了不太好的预感。

"你又在打什么主意？"

简小执挺冤枉："我可什么都没想啊！"

戚亮好几天没见魏国义出来遛弯了，问魏芊芊："妈，姥爷是怎么了啊？"

魏芊芊憋着笑："还说呢，托简小执的福，他今年鹩哥比输了，正生闷气呢。"

戚亮吃惊地问："怎么会？"

"今年简小执不知道怎么回事，突然起了兴趣，见天儿趁着魏姥爷出去下棋的时候，就拿着面包虫引诱鹩哥学诗。那天在皇城根公园比赛，不管姥爷说什么问什么，鹩哥开口只说一句：不如自挂东南枝。大家伙儿围观的，听着都乐得不行了。两岸猿声啼不住——不如自挂东南枝；飞流直下三千尺——不如自挂东南枝；桃花潭水深千尺——不如自挂东南枝。往日里魏老爷子教的诗和吉祥话，全给拐跑了，就这样最后得什么第一名？"

戚亮恍然大悟："我说呢，昨天好难得，又听见姥爷在隔壁怒吼。"

上学的时候，戚亮对简小执提起这件事，简小执笑得咯咯的。

"你说你没事老跟姥爷对着干做什么？"戚亮问。

简小执目光黯淡了一瞬。

153

她看向前方路的尽头，笑得有一些难过。

因为姥爷的时间不多了，她想多留点和姥爷不一样的回忆。

"好玩呗。我特喜欢看姥爷吼我的样儿，感觉他还能活一百年，哈哈哈！"简小执笑嘻嘻地说。

早读结束，上课之前。

姚春霞先抱着一捧书来了教室，交代三班的这群孩子："最近市里要来检查，学校特意叮嘱大家要注意仪容仪表，男生头发太长的都去剪了，整精神利索一点——我看戚亮的那种就可以，然后校服都穿成套的啊，校牌都给佩戴好……嘁，段多多，你的校牌呢？"

简小执脑子还在想姥爷的那些事，有些心不在焉。

姚春霞一眼盯住她："来，简小执，你重复一遍，我刚才说了什么？"

简小执瞳孔地震。

她上哪儿知道！

就在这时，裴树生转过头来，指了指自己的头发，又拿食指和拇指掐了一下校服衣领。

简小执明白了，她连忙说："仪容仪表，不要留长头发，然后要穿成套的校服。"

"坐下吧。认真听讲啊。"

第一节下课之后，英语课代表站在第一排，让大家把作业从后往前传，裴树生则是挨个组收作业，路过简小执的时候，停了一下。

他笑着问简小执："怎么了，是不是心情不好？"

简小执一头雾水，说："没有啊，我心情挺平和的。"

"哦，那就好，看你今天好像很安静。"

"没有的事，我见天儿都闹腾不成精神病了吗？"简小执拿起水杯，"我接水去了啊。"

走出教室，段多多在门口早等着她了。

一见简小执，段多多率先比了个大拇指。

"你干吗？"

"以前你见裴树生的时候，眼睛里都冒粉红泡泡，现在感觉稳了，收放自如。"

简小执哭笑不得，笑骂段多多莫名其妙。

戚亮上完厕所回来，手还湿着，他一见简小执，立马弹手指，把手上的水全溅简小执脸上。

"戚亮！狗啊你！"

"我这不给你醒醒神吗？看你一早上心不在焉的，还得别人特意转过身来提醒你。"

简小执是上课了才反应过来，戚亮嘴里的"别人"指的是裴树生。

大课间做广播体操排队的时候，简小执走到戚亮身边，胳膊推了一下戚亮。

"你对裴树生有意见啊？"

戚亮本来对裴树生没什么想法，但是自从知道简小执喜欢裴树生，还为裴树生减肥（虽然持续了一周不到）之后，他怎么看裴树生怎么不顺眼。

现在更不顺眼了。

简小执居然为了裴树生，专门跑他身边来问这么个问题？

"怎么，你要打抱不平啊？"戚亮斜睨简小执一眼。

"没那工夫。"简小执翻了个白眼。

她像是突然想起来似的，一巴掌拍在戚亮的背上，声音清脆响亮。

"嗷！痛！"戚亮没料到简小执这一招，完全没防备，完完整整接下了这一巴掌，"你发什么疯？"

"你早上往我脸上弹水的事，两清了。"

简小执残忍地冷笑两声，然后高傲地别过头。

那模样落在戚亮眼里，怎么看怎么像是借故为裴树生打抱不平，当即心里像蹿了一簇火。

他也顾不了现在正集合排队了，抓住简小执的手，反扣在身后，凑到简小执耳朵边说："你这女的，又小气记仇，还有暴力倾向，我今儿给你长长教训，让你今后明白什么叫谨言慎行。"

简小执一听这话，立马怒了。本来还是小打小闹开玩笑，现在真的生气了，转头就要咬人。

戚亮早有防备。

他动作迅速地跟简小执拉开距离，牵制住简小执的手更加用力。

简小执吃痛地"嘶"了一声。

戚亮下意识地松了手。

好机会！简小执脚往后一踢，正中戚亮小腿，趁着戚亮皱眉的时候，她一个胳膊肘往戚亮身上招呼过去。

胜利就在眼前！

姚春霞在后边怒吼一声："简小执！戚亮！你俩给我到办公室去！"

戚亮和简小执互相瞪了对方一眼，各自愤怒地别过了头。

沈林是这时候才知道，原来之前简小执真的没用劲儿揍他，以及原来戚亮每天都生活得这么艰难。

姚春霞带着三班下去操场站好之后，她交代裴树生管着纪律，然后就风风火火往办公室去了。

一推开门，戚亮和简小执又打上了，两人谁也不让谁，胳膊拧得跟麻花似的，简小执脖子上青筋一根一根的，戚亮的额头边青筋也一鼓一鼓的。

"还不松开是吗？"姚春霞觉得自己脑门儿烧得突突的，已经怒火上头了。

"都高三了，你们俩怎么还每天跟没正事似的？啊？马上就要迎来高三的第一次考试，你俩就每天这么乐呵乐呵地混日子是吗？

"整天见面不是吵就是打，知道的你俩是邻居，不知道以为你俩是仇人！都是同学，都是一个胡同里的，有矛盾了，各自退一步是不是？"

姚春霞喝了口水。

"简小执，你成绩有进步，这些我都是看在眼里的，高三是充满奇迹的一年，你拼一拼，指不定能上个二本。戚亮，我知道你是体育生，所以平时对你要求也不严，好在你也不是个闹事的，总体来说还是很听话懂事，班里男生里，我其实非常信任你。但是你怎么一碰上简小执就整个人炸开呢？"

简小执本来一直低头听训，一听到"怎么一碰上简小执"这句话，她抬起头，扭头看戚亮。

不知道为什么，听到这句话，她心里像突然多了只鸽子，在扑腾翅膀要飞。

戚亮拧着眉，一本正经地纠正姚春霞，说那是因为简小执欠儿，不炸起来降不住。

简小执胸腔里没鸽子了。

她又燃起了熊熊的怒火。

"姚老师！您看！看！就是这个眼神！多可怕！"戚亮跟蒙冤进监狱的无辜受害者一样，指着简小执的眼睛，控诉道，"我能不炸吗？我都是自卫！"

早操应该是已经结束了，走廊楼梯渐渐响起人群的脚步声和喧哗。

姚春霞疲惫地摆摆手。

"你俩回教室吧。别忘了我刚才说的，高三了，收心了。认认真真想想自己的未来和前途，好好确定一下自己想要的人生是什么样儿的。"

"好。"

"知道了。"

戚亮和简小执各自答应一声。

一出办公室门，两人眼看着又要干起来，姚春霞清清嗓子。

戚亮和简小执都收了气势，规规矩矩地回了班。

段多多挺担心地坐在简小执座位上等她，一见简小执回来，连忙问怎么样，姚春霞有没有骂他们。

"骂是肯定的了，但是说得也有道理。确实学习是第一要紧的。"简小执仰头喝了口水。

"你跟戚亮为什么大庭广众之下就打起来了？我感觉你俩之前

都是，怎么说，就是虽然也吵嘴互相拆台，但是总体而言，气氛很温馨。但是，你俩今早上，好像……"段多多看着简小执的眼色，迟疑说道，"好像是有点真生气了？"

简小执一屁股坐在沈林座位上。

"他说我'又小气又记仇，还有暴力倾向'！"

"他不是天天都这么损你吗？怎么今天就听进去了？"

这给简小执问得，直接愣在座位上了。

对啊。

戚亮嘴里就从没冒出句好话，她也早就习以为常把戚亮的话当放屁了，怎么今天听了偏偏就那么生气呢？

"你现在特别在意戚亮的话。"段多多总结道，"我好早就想说了。之前就因为戚亮说了一句包书皮挺可爱的，你居然放学就拉着我去文具店买了纸回家把各科书都包了一遍——之前是谁跟我说包书皮这种事娘们儿才做的？"

沈林上了厕所回来，见自己座位上有人，他十分自觉地走到戚亮旁边，坐下。

"简小执太野了，兄弟，我心疼你。"沈林拍了拍戚亮的肩。

戚亮正因为早上裴树生跟简小执的"眉目传情"，而简小执居然为了裴树生跟他大打出手生闷气呢，不想理人。

但沈林这句话怎么听怎么不顺耳。

"你说什么呢。"戚亮拧着眉头，挺不乐意看着沈林。

"看你跟简小执打……得！当我没说！"沈林摆摆手，"我这也没说简小执什么不好听的话啊，你跟要冲上来咬我似的。"

"多专注一下你的学习，少观察简小执。"

"谁稀罕观察似的。现在这么宝贝，刚才不知道谁俩在那儿打呢。"沈林翻了个白眼。

戚亮静默了。

他陷入沉思。

同时陷入沉思的戚亮和简小执没沉思多久，数学老师抱着一沓卷子进来了。

他招招手，裴树生自觉地走向前，数卷子挨个传下去。

数学老师噘着嘴，吹开杯子里的茶叶，喝了一口。

"这节课，咱们随堂测验哈。"

底下同学不出意外纷纷哀号。

"这都高三了，你们以为还能像高一高二那样玩吗？尤其是数学，这一年就是做题、讲题、做题、讲题，考试、纠错、考试、纠错。早点适应起来啊。"

简小执叹一口气。

"这儿少一张卷子！"沈林举手。

裴树生递给他一张。

很快，班上安静下来，大家都低着头安静答题。

"马上就要月考了，别看现在刚开学，但高三的时间计量单位不是这么算的，你们要看的是离高考还有多少天。日子一天天走，就是离高考越来越近。这次月考是你们进高三以来第一次考试，也可以说是摸底考试，以后你们高三这一年，到底学了多少、学得怎么样，就可以以这次考试结果作为参照。

"学校领导都很重视，你们数学本来就差，我不提前做准备，考完试开检讨大会我不得被数学组长给骂死……"

数学老师还想说话，班长受不了了，站起来："老师，我们做题呢。"

"哦，对，对对，你们做，你们做。"

数学老师欣慰地点点头。

他慈爱地扫了班级一圈，重新拿起茶杯，噘着嘴吹开茶叶，声儿特响亮地喝了一口。

简小执渴了。

她想起自己曾经有个愿望：成为监考老师。

那样别人在拼死拼活做题的时候，自己却可以在讲台上悠闲地跷起二郎腿。

简小执"嘿嘿"开始傻乐。

数学老师瞪了她一眼。

"有的同学考试都不专心！"

晚上回了茉莉胡同，简小执身心俱疲。

魏国义站在鸟笼底下逗鸟。

"是不是要考试了？"

"哎哟……您怎么知道的？"

"我神通广大呗。"

"是是是，虽然刚开学，但马上就要考试了。"简小执跐拉着脚步，没精打采地走回卧室，摊开书本，趴在桌上开始写作业。

往常这时候，简小执早窜过来看电视了。

结果今天都这时候了，还没人影。

魏芊芊从架子上摘了根黄瓜下来，一边在水池子边洗，一边问戚亮："你又跟简小执怎么了？"

"没怎么。"戚亮声音闷闷的。

魏芊芊叹了口气，把黄瓜掰成两段，分给戚亮一半。

"你俩真是越长大越屁事多，放从前，虽说也打打闹闹，但哪像现在这样，一天冷战八百回？"

戚亮自己也反省。

他好像自从知道简小执不仅不是自己粉丝，而且还喜欢裴树生之后，他怎么看简小执怎么心里不舒服。但这也不是简小执的错啊，是自己误会在先。

唉，行吧。

心里还是有个小疙瘩，但是那疙瘩好像并不该存在。

戚亮晃晃脑袋。

"放心吧，没事。"戚亮三两口把黄瓜啃完。

魏芊芊见他往外走，问："上哪儿去？"

"去看看姥爷。"

魏芊芊乐了。

简小执正蹲在水池子前面刷牙，一边刷，一边回忆刚才复习的知识点。

连戚亮到了她身边，她都没发觉。

"想什么呢，这么入神？"戚亮郁闷地拍了拍简小执的肩。

简小执吓了一跳。

见是戚亮，她松了口气。

"正在脑子里背地球自转和公转的意义。"简小执仰起脖子，漱口，这一套弄完了，转头看戚亮，却发现他愣怔地看着自己。

"怎么了？"

脖子好长……还很白。戚亮别开目光，盯着院里的石榴树。

"没事。"

说完，他就要走，简小执连忙拦住他："大半夜就过来看看石榴树啊？你怎么了，是不是在外边欠钱了？"

戚亮哭笑不得。

"少看点莫名其妙的电视剧吧。"戚亮弹了一下简小执的额头，"一会儿你是不是还打算刻你的那些什么东西？注意时间，早点睡。"

月光像雾，又像薄纱，笼罩在茉莉胡同之上。

简小执笑了，眼睛弯弯的，像月牙。

"知道啦！"

事到如今，简小执总算明白了什么叫"是福不是祸，是祸躲不过"。

事情开端要从那场老师、家长和学生都非常重视的高三第一场考试说起——

裴树生不知道哪根筋搭错了，考试就好好考试呗，莫名其妙要往后丢字条，丢字条就丢字条呗，还正正好好丢她脚边了。

简小执跟踩了地雷似的，差点原地弹跳起来。

简小执赶紧捡起来要把字条给裴树生丢回去，结果好死不死，巡考的年级主任恰好这时候到了简小执所在的考场，恰好看见简小执的动作。

年级主任当即大喝一声："那个女生！"

简小执后背一凉。

简小执身子一抖。

"说的就是你，你手里拿的什么东西？"

那之后的事情不必再多说，简小执灰溜溜地给拎进了办公室。

监考老师在讲台上面拍拍手："好了，其他同学继续考试。"

戚亮哪还有心思做题，他咬着笔帽，脑子迅速转动起来。

是裴树生丢的字条。

他坐在后面看见了。

是简小执找裴树生要的字条？

不能够啊，简小执这次复习这么认真。

那是裴树生主动给简小执字条？

不能吧……裴树生没事给简小执传答案干什么？

好奇怪。

戚亮皱着眉，盯着裴树生的背影，怎么也想不通。

离考试结束还有十五分钟，可以交卷了。

戚亮立马把卷子扣上，收拾东西，站起来，往教室外走。

路过前桌的时候，不小心撞了一下他的桌子，戚亮连忙道歉："抱歉。"

结果前桌特紧张地抖了一下，这可以理解成突然被吓着了，可是……为什么额头有那么多汗？

戚亮拧着眉头。

现在九月末了，不至于是热的吧？

"你没事吧？"戚亮问。

"没事没事没事。"

监考老师在上面咳了一下，眼神示意戚亮交卷不写了就赶紧出去。

戚亮最后看了那个额头冒汗的男生一眼，考桌右上角贴的名字是李叁。

好熟悉的名字。

在哪儿见过。

算了，现在不是想这个的时候。

戚亮晃晃脑袋，走出教室，直奔办公室。

姚春霞已经到了。

要是放以前，姚春霞肯定和年级主任的想法一致：简小执明摆着就是作弊了。

但是现在——

姚春霞牵过简小执的手，捏了捏。

手掌心温暖，传递出恰当的力量。

心慌意乱的简小执这才镇定了一些。

姚春霞问她："这字条到底是怎么回事？"

"我也不知道。"简小执刚想说"鬼知道裴树生为什么突然丢字条给我"，又觉得这好像是在背后出卖同学。

她抿着嘴，不往下说了，只重复："反正我没找谁要字条。这个字条我也没打开看。"

年级主任冷笑一声："那是因为我出现了吼了你，你不是没打开看，你是没来得及打开看。"

姚春霞皱了皱眉："话也不能这么说。作弊当然是不对的，但是随随便便冤枉一个学生，也不对。"

年级主任匪夷所思地看向姚春霞："姚老师，您都是老教师了，不至于犯偏心自己学生的错误吧？这都人赃俱获了。"

"哪儿就人赃俱获了，简小执不是没打开看吗？"姚春霞笑了笑，"这准确来说，可还没作弊，也犯不着全校通报。"

年级主任瞪着姚春霞，瞪了得有半分钟。

办公室里面死一样的宁静。

最后年级主任泄了气："那你说，这事怎么处理？"

姚春霞松了一口气，开始跟年级主任商量解决办法。

唉！

简小执站在一旁，觉得有些恍惚，无声地叹口气。

是福不是祸，是祸躲不过啊。

姚春霞注意到她的动静，拍了拍她的肩膀。

"主任，简小执真的有在认真学习，她的成绩也确实在慢慢地进步提高。我的学生，我最清楚。现在最重要的是搞清楚谁给她传的字条。"

其实姚春霞脑子里隐约有个答案。

她拿起桌上的字条，又看了一遍。

字迹……真的很像裴树生的。

可是，没道理啊？

姚春霞眉头皱得很紧。

等简小执走出办公室，天儿都黑了。

裴树生在楼梯口等她。

他好看清秀的眉眼低垂，抱歉地看着她。

"我想着你成绩太差了，想给你答案，让你能考好点儿。"

简小执手攥紧了校服裤子。

她头一次清醒地抛却那些梦幻的少女滤镜，直视裴树生，反问："是吗？"

"是啊。怎么了？真的很抱歉——"

简小执打断裴树生的话。

"算了，这可能就是命吧。"简小执疲惫地摆摆手，错开裴树生，迈步回家。

"简小执！"

裴树生叫了她名字，但等简小执转过头来，他又欲言又止，最后还是那句老话："真的，对不起。"

得，还知道道歉，有进步。

"早点回家吧。"简小执说。

简小执郁闷地回了茉莉胡同，不敢回家面对魏国义，于是去了隔壁戚亮家，想着商量商量怎么办。

结果戚亮没在家。

简小执去厨房找魏芊芊，问她："魏婶，戚亮呢？"

"不知道啊，没见着人。我以为在跟你玩呢。"

嗯？

简小执从院墙伸出个脑袋，看了自己院子一眼，只有姥爷在石榴树底下坐着听戏，没戚亮的人。

该不会还在学校吧！

简小执连忙往学校走。

戚亮确实没回来，他那会儿去了办公室，听姚春霞那么维护简小执，再加上那一句"字条没打开"，就知道问题不大。

他坐在考场最后一排，将事件整个过程尽收眼底。

字条是裴树生丢出来的，到底是给谁，他不知道，但绝对不可能是给简小执。

因为简小执表情很怪，就类似于捡到烫手山芋一样想扔了。

最主要的，就是戚亮相信简小执，她连刷牙都在背地球自转公转的意义，这样的她，没理由要作弊。

所以现在问题最大的就是裴树生了。

戚亮去了自行车棚，靠在铁柱子上，等裴树生过来。

这一等就等到了天黑。

戚亮都要被各种小飞虫咬到崩溃了，裴树生才姗姗来迟。

"字条是你传的吧？你怎么想的？"戚亮手揣在校服兜里，他个子比裴树生高，问这话的时候又拧着眉，看起来居高临下又可怕。

"简小执让我传的啊。"裴树生笑了笑，没被戚亮的气势压倒，他往自己自行车那儿走。

戚亮脑子嗡一下就蹿起火了。

"我再给你三秒，说实话。"

"你再给我三年，我都是这个答案。"裴树生弯腰解车锁。

戚亮一脚把他自行车踢倒。

"哐"一声响，在此刻安静的环境里，显得更加响了一些。

裴树生停顿了半秒，站直身子，看向戚亮。

"你想做什么？"

"我想知道真话。"

"我说的就是真话。"

"不可能。简小执不是那种人。"

裴树生挑眉，跟平日里乖巧温和的模样截然不同，他戏谑地看着戚亮，眼底有些嘲讽。

"你又不了解她。"裴树生说。

"我不了解她？"戚亮嗤笑一声，"那我让你了解了解我。"然后一拳对着裴树生的脸打了过去。

这人来真的！

裴树生眼睛里是掩饰不住的讶异。

与此同时，他应声落地。

戚亮胸口的火还没熄呢，他单膝狠压住裴树生的胸，一只手按住裴树生的肩，一只手毫不留情地朝裴树生揍去。

这次裴树生有了准备，反应迅速地别过头，想要顺势转身却发现戚亮力气大得惊人，他根本动弹不了！

这场单方面的打斗，被保安打断。

"那边那俩！放学不回家干什么呢？"

保安急急跑过来，一看裴树生是光荣榜上贴着的人物，于是直接断定肯定是戚亮找碴儿，威胁戚亮赶紧停手、回家，不然明天就告诉年级主任。

走出校门，一路只有路灯等距排开，贡献出一点光亮。

戚亮指了指裴树生。

"说话注意点儿，再随便扣帽子给简小执，我还敢再揍你一遍。"

简小执是在途中遇见往回走的戚亮。

"你干吗去了？这么晚才回来。"

"简小执，我相信你不是作弊的人。"戚亮却答非所问。

简小执瞪大眼睛，胸腔里像有一万只鸽子同时飞起来。

两人一路回去。

戚亮有些生气地说："裴树生说是你让传字条的。"

"放屁！"简小执破口大骂，"不知道是谁专门等楼梯口跟我道歉呢。"

她说完老觉得还是憋气，忍不住骂了几句脏话。

"这人怎么当面一套背后一套？"

她骂完有些难过：自己居然眼瞎喜欢这么个货色。

她叹了一口气。

天儿看起来像马上就要下雨，乌云密布。

走回茉莉胡同，就尽头挂了一盏灯，微弱的光，幽幽亮着。

各家各院屋顶都有天线，在这片阴沉的乌云之下，看着就很容易被劈。

"完了，我现在最担心姥爷，他要是知道我在考场被抓了，得气成什么样儿。"

"你没错。没事的。"戚亮安慰简小执。

简小执点点头，心不在焉地应了一声。

戚亮拉住简小执，一双眼睛像刚从水里捞出来的黑葡萄。

他郑重其事地说："真的没事，我会帮你的。"

简小执眨眨眼。

怎么回事，感觉鸽子又飞了起来。

"好。"简小执匆匆忙忙地应下，挣开戚亮的手，"我、我先进去了。"

晚上十点多，戚亮来找简小执。

简小执正打着灯，开着机器磨玉石。

"怎么了？"简小执停下手中的动作。

"沈林刚才给我打电话，他说上学期，就是我俩去抓独角仙的那天，他不是也跟着回家有些晚吗，然后他去自行车棚，看见裴树生一个人站在那里。"

"所以呢？"简小执没明白，"他想站就站啊。"

"沈林说他骑着自行车转过车棚拐角，看见李叁和他几个朋友在一起走，说什么'放心吧，这次也跟以前一样，裴树生会帮我'。"

"李叁是谁？"

"考试坐你后边的那个人。"

戚亮想到自己提前交卷走人时，不小心撞到李叁桌子，看见对方那一额头的汗。

心虚？害怕？紧张？

"李叁成绩在年级前三十吧？这名字我眼熟，想半天才想起来，光荣榜里他不一直都在嘛。问题是，他不在我们班，怎么会跟裴树生有联系呢？裴树生帮他？怎么帮？"

"意思是……"简小执脑子里有了猜测。

"嗯。"戚亮应了一声，"我跟你想法差不多。"

简小执一直没想明白，为什么裴树生会莫名其妙给她扔字条。

裴树生那句什么"想让你考好点儿"明显是扯淡呢。

如果裴树生根本就没打算给她扔呢？

如果裴树生一开始就是扔给坐她身后的李叁的呢？

戚亮和简小执对视一眼，各自骂了句脏话。

"如果是那样的话，那一切都说得通了。"

简小执点点头。

"必须早点把这事解决完，现在姚老师帮我争取着时间，但年级主任非常不乐意且十分勉强，指不定睡一晚上就改变主意了。"

事不宜迟。

两人第二天就行动起来了。

得益于学校新装的监控，戚亮和简小执借口自己自行车丢了，去保安室调了监控录像，找到裴树生和李叁在自行车棚前边、在小卖部后门、在操场广播室背后等地方的影像。

这两人平时没交集，怎么会碰头？偶尔遇见一次可以解释，但是这么多地方——而且还都是这么偏僻的地方，那就有问题了吧？

"嘶，可是李叁不是成绩挺好的吗？我以为学霸和学霸之间都是竞争关系呢，你看张木棍讨厌裴树生都讨厌成什么样儿了。"

"那也有可能李叁成绩并不是那么好呢？之前的好成绩都是裴树生帮着作弊过去的呢？有没有这个可能？"

简小执想了想。

"那裴树生为什么这么做啊？觉得自己常年全年级第一太无聊，给自己培养个竞争对手？"简小执不可思议。

戚亮倒是突然皱起了眉。

他听乒乓球队队长陈刚这么说过，说裴树生家里其实没钱，还领低保呢。

他当时还说："啊？我看他平时出手挺大方的呀？"

"鬼知道，可能他有别的生财之道？"

当时这个话题随便就过去了，现在，这段话重新回响在戚亮的脑海中，他却突然领略到了不一样的意思，混乱的头绪模模糊糊有了猜想。

但也只是猜想而已，没有证据。

他扭头看简小执还在那儿自顾自地念叨什么"想不通"，好笑地揉了揉简小执的头。

"傻子。"

如果最后的事实真相真如他所猜的那样，那么真的可以带简小执去眼科看看了。

简小执抬头就要咬。

戚亮反应迅速地收回手："你属狗啊？打架打不过就咬，平时也咬，什么破毛病！"

"你才是呢！什么破毛病，刚洗的头，你给我揉两下，再变油了。"简小执翻个白眼。

回到自己家里，躺在床上，戚亮盯着天花板，既然一时半会儿没有证据，那就收集证据。

第二天，戚亮跟教练请了假，把李叁从教室里喊了出来。

就从他在考场上的表现，这个李叁一看胆子就很小。

戚亮本来皮肤就黑，身上又带着刚从训练场出来的彪悍气，再加上他平日里都挺温和阳光，现在猛地一下子面无表情，别说，样子还真挺唬人的。

他开口第一句话就是"裴树生"，李叁肉眼可见地抖了一下。

戚亮挑了挑眉。

李叁却已经先行拉过戚亮的手，把他拽到无人的角落，抖着声音，利索地全招了。

跟戚亮的猜想一模一样。

"是我错了，但我觉得如果你是为了给简小执出头的话，你不应该来找我呀，你应该找裴树生啊，这……这跟我没关系啊……"

戚亮暗自撇撇嘴。

裴树生不是什么正人，这货也不是什么君子。

"行了。"戚亮不耐烦地摆摆手，"你走吧。"

李叁如蒙大赦，赶紧要撤。

"等会儿！"

戚亮又把他给叫住了。

"如果说你跟裴树生这么久以来一直在进行这种他给答案、你给钱的交易的话，怎么之前就一直没有被查到呢？"

"我爸从国外带回来了蓝牙耳机，哪儿需要传字条啊。这现在高三了，不是严格起来了吗，都有专门检测信号的机器，蓝牙耳机信号被屏蔽了，只能用字条。"

李叁的语气还有些惋惜和遗憾。

戚亮无语："所以你这是在怪裴树生丢纸团的技术不行？"

他摇了摇头，搞不懂这些人脑子在想什么。

"你能不能不要跟人说呀？我爸要是知道我前两年的成绩都是作弊来的话，他肯定会把我打成残废的。"

戚亮反问："那你作弊的时候怎么就没想到今天这个结果呢？"

说到底，还是想走捷径。

哪那么多捷径，所谓捷径其实是绕得最远的路。

接下来这一年，如果李叁还想保住他在光荣榜的位置，得付出比前两年多一百倍的努力吧。何必呢。

"你今天说的所有话，我全都录音了，之后会把它给裴树生，看他怎么选择。"

戚亮撂下这句话就走了。

下午放学回家，戚亮拿着录音，先给简小执听。

简小执目瞪口呆。

"我还在想，这都是咱们的猜测，不好找证据呢，我都在寻思怎么把那几段监控录像结合起来，写一份慷慨激昂的陈情令以诉其中的疑点和自己的冤屈了，结果你直接给我踢到光明顶了。牛啊！你是怎么想到这个招儿的？"

"大概是因为我有一样你没有的东西。"

"什么，天眼？"

简小执乐了，骂了一句脏话。

戚亮也乐了。

两人在石榴树底下，笑得像刚偷了蜂蜜的熊。

"等着吧，李叁会帮我们处理好一切的。他肯定比我们先一步安排好裴树生。"戚亮断言。

结果还真如戚亮所言。

第二天上午第三节课下课，姚春霞就把简小执叫办公室去了，说裴树生来坦白了，是他自己主动传给简小执字条的，简小执根本不知情，原因也不是别的，他看简小执那么努力，想帮她，只是方法用错了。

姚春霞叹口气："说来说去，其实老师也理解你们之间的那点小心思。不要急，一切等上了大学再说好吗？裴树生啊，也是一时脑子没转过弯，怎么用了这种愚蠢的方法来帮助你呢……唉！他家里也很困难，读书对他来说真的是唯一的出路。小执，这件事，咱们就过去了，好不好？"

简小执眨眨眼。

这段话听似有道理，但怎么有地方不对？

"什么小心思？"

"别说！我都懂！"姚春霞举起手，示意不要再提，她拍了拍简小执的肩，语重心长，"你养过花吗，过早开放的花,是要剪掉的。"

简小执还想说话，姚春霞又按了按她的肩。

"别说了，我已经决定了，以后你就坐戚亮的前边。"

所以，意思是，她从坐在戚亮对角线的位置，变成了戚亮的前后桌？

简小执不说话了。

"以前啊，是怕你俩凑一堆闹事说话，才把你俩放在最远的位置隔着，但是没有料到，即使这样，你们俩创造条件连做早操的时候都要打一架，那我也就不做无用功了。兴许隔得近了，你俩能相互理解，以后还能和谐相处呢。"

简小执嘴角微微上翘。

她点点头："嗯，我听姚老师的！"模样乖巧极了。

姚春霞欣慰地喝了一口茶："行，回去上课吧。"

看着简小执离开的背影，姚春霞认为自己做了一个非常正确的决定。

裴树生居然主动给简小执送答案——这不是早恋是什么！必须扼制住！把简小执的座位调到戚亮前面，既能促进那俩冤家的感情，又远离了裴树生。

一箭双雕，英明绝伦。

姚春霞再次欣慰地点点头。

与此同时，简小执回到教室，欢天喜地。

她一巴掌拍在戚亮的桌上："快来跟我一起搬课桌，我换座位了！以后咱俩就是前后桌了，上课吃东西、说小话多方便啊！"

补充日记——

2006 年 9 月 17 日

天气：太阳当空照，花儿对我笑。

才知道裴树生原来一直都在关注着我。

好幸福啊！

考试的时候，居然会主动传字条给我！

啊啊啊，世界上怎么有裴树生这么温柔这么善良的人啊！

……

我求求你去看看眼睛和脑子吧。

裴树生分明就是在利用你啊！你个纯种傻瓜！

第 七 章

新年快乐
MoliHutong

2007 年 3 月 18 日

天气：明明都立春了，但还是很冷。

金月夜死了。

从胡同口捡到它就知道它年纪已经很大了。

但每回和戚亮遛它的时候，它分明都一副活泼正值壮年的样子。

怎么就突然死了呢？

看着它慢慢停止颤抖和呼吸，既不舍，又希望这一切赶紧结束——它早点结束痛苦，利索去世。

……

听到简小执这么说，戚亮也喜出望外，惊讶地抬起头："你说真的假的？"

"我刚从办公室回来，姚老师刚说的，这我能造假吗？赶紧的，赶紧的，动起来！动起来！"

曾经两人一个在教室的东北，一个在教室的西南，每次上课想要传递点信息都要靠眼神交流，字条都传不过去——太远了！

而从此刻开始，一切都大不相同了，美好的新生活即将展开！

两人意气风发，挥斥方遒。这算是狼碰上狈了，这一顿造啊。

虽然午夜梦回的时候，简小执也会反省自己最近是不是有一点儿玩得太开心了，有种想要起床来学习的冲动，但是老师不是说熬夜了之后，第二天精神不好，所以一定要保证充足睡眠吗？

简小执翻了个身继续睡。

没事，明天早上起来再学习，明天一定要重新做人！

就这么"明天""明天"地推过去，不知不觉考试就来了。

简小执有些慌，又转念一想，虽然说最近没有学习，但是在这之前可是有好好学过的呀，有基础在那儿，不会太差的。

嗯，没事，相信自己！

虽然最近玩了一段时间，但是也要相信自己之前的努力和付出！

加油！

就这样简小执信心满满地去了考场。

得到了倒数第一的优异成绩。

简小执天都塌了。

简小执拿着成绩单回去找魏国义签字的时候，魏国义的天也塌了。

魏国义一直觉得简小执成绩很差，但不是最差的，还能有点心理安慰，结果这次期中考，直接拿回来一个倒数第一。

戚亮好歹还倒数第二呢！

"别人高三都是铆着劲儿读书，你呢？没上高三之前还算努力，上了高三之后你还给我越玩越开心了？怎么，触底反弹啊？久违的又给我开始叛逆了？

"以前还熬夜复个习写个卷子，现在我看你睡得比谁都香！我不求你废寝忘食，你好歹也让我看到点你学习的背影成吗？你看看人家张林昆！大夏天的那么热，点着蚊香都要在院里学习，你呢？"

简小执以前挨骂的时候，心里会默默地回嘴，魏国义说一句，她就在心里顶一句。

但是这一次，她安安静静地听着。

记得今儿上午，姚春霞把成绩单公布出来的时候，简小执震惊得眼球快爆出来。

怎么想都觉得不至于啊！

下课之后，她郁闷地去上了个厕所，哀愁了一会儿。

调整好情绪之后，她回到教室，却发现有哪里不对。

是哪儿呢？

她慢吞吞地坐下，拧开杯盖儿，一边喝水，一边思索。

哦！对！

太安静了！

往常下课之后，教室不吵得跟菜市场一样？

所有人跟约好了似的，都埋着头学习。

简小执这才明白，她只是一段时间没有学，看起来成绩也的确没有退多少，但周围人都在前进，因此尽管从分数上看没有退多少的她，在成绩单上，却已经默默被甩在了最后。

想到这里，简小执抿了抿嘴，心里五味杂陈。

"给我好好反省反省！人家戚亮考得差又怎么样，他就不指着这一点儿成绩过活！你呢，你能指着什么！就靠你每天雕的那些小玩意儿啊？你以为谁都能做张老爷子呀？这一行那么难，你要是没有做到顶尖，你这辈子就等着喝西北风吧你。"

一直乖乖听训的简小执，听到这儿，脑袋一下子就直起来了，看那样子是要反驳。

魏国义眼睛一瞪，简小执又默默地把头低下去，委屈地瘪瘪嘴。

"瘪嘴什意思？不服气啊？不服气憋着！我当兵的时候别说不服气，那还能像你现在这样坐着吗？都老老实实站着！稍微动一下就得罚跑去！行了，多的我也就不说了，从现在开始禁止你一切娱乐活动，不准出门，就在家给我安生学习，都高三了，天天不着调的……"

不出去就不出去，反正现在，这个天气正是满天沙尘暴的时候，还不乐意出门呢！

说归说，闹归闹，好好学习不是开玩笑。

简小执在家里待的这段时间也确实有在好好学习，学闷了就拿出木头和刻刀来练习雕刻手艺，日子过得倒也算是清静和舒服。

直到后来雕刻碰上难题了，简小执想着去问问张骥合爷爷，结果魏国义死守着门就不让她出。

这能难倒简小执吗?

简小执就翻墙。

这墙她来回翻了没有上千遍也有上百回了,本应该一点差错都没有,谁能料到隔壁同样受罚给魏芊芊关屋里的戚亮刚巧也在翻墙。

两人隔空遥遥一望,"扑哧"一声,一起乐出来。

简小执看着戚亮,不敢大声说话,怕把魏国义给吸引过来,只比了口型,问戚亮:"你干吗去啊?"

戚亮也用口型回了个什么,简小执没有怎么看清,招了招手,示意戚亮先下去,两人会合之后再说。

就在这时,魏国义的声音从前院传来了。

"简小执!"

完了,要被魏国义发现了!

简小执赶紧往下跳,匆匆忙忙地,落地没调整好姿势,脚踝和脚掌瞬间传来几种不一样的疼痛,有刺儿的,有钝的。

反正就是痛。

戚亮那边跳下墙之后看简小执好半天不站起来,立马慌了,噔噔噔跑过去。

他的手刚一碰上简小执,简小执就大吼一声:

"别动!"

"怎么了?你别吓我。"

"好痛!好像骨折了……"

简小执皱着一张脸,看样子疼得说话都费劲儿。

听到这话,戚亮哪还敢轻易动简小执,管不了那么多了,连忙跑到前院去叫魏国义。

"姥爷，出事了！简小执摔了！"

他们去医院一看，倒没骨折。

骨裂了。

从医院出来，简小执的右脚被包裹得严严实实，也不能走路了。戚亮背着她，和魏国义一起往家走。

魏国义越想越想不明白，问简小执是不是为了玩，连命都不要了。

简小执趴在戚亮背上，声音表情都挺郁闷，但还是认认真真地纠正："不是玩，我是真的要去找张爷爷问正经事。"

魏国义看了简小执一眼。

真不是拿这当幌子躲避学习？

不是一时兴起？

动真格的？

吃过晚饭，魏国义溜达着去隔壁胡同找张骥合。

张骥合早听说了简小执翻墙把腿摔伤了的事，正忧着心呢，见魏国义过来，连忙问："简小执没事吧？"

"没事。骨裂，年轻人恢复得快，别担心。"

这话也就是听着轻松，张骥合看魏国义眉头就没松开过。

这别扭劲儿啊，心里肯定担心得不行吧？

张骥合笑着摇摇头。

"听说简小执来拜您为师父了？"

"对。这按理说呀，不算正式，拜师应该是带着家长一起来的，但是我看那小丫头，表情挺认真，我要是跟她说不行的话，她估计能在我这儿哭出来。"

张骐合看着魏国义的脸色，研究了一下措辞，慢慢问这犟老头的意思："怎么着个意思，看这情况，好像您并不同意她跟着我来学雕刻？"

魏国义叹了一口气。

"倒也不是不同意，只不过吧——"

魏国义眼睛从盯着地面转到看着张骐合。

"咱认识也不是一天两天了，您就跟我说句实话，简小执是认真学的吗？"

"早您之前，戚亮就在简小执的指挥下，跑腿来问我顶边雕刻手该怎么使劲儿。他说简小执翻墙就是为了来问我这个事，现在受伤了腿不能动弹，心里还惦记着呢。就凭这些，您说她认不认真？其实啊，您心里早就有数了，您是不放心她干这行啊。"

魏国义又叹了口气。

可不是嘛。

"那我换个问题，简小执能在这行混出头吗？"

"这我可不能保证，我只能说，她是有天分的，平时也刻苦，剩下的就得看时运和际遇。不过您放心，在我活着的时候我肯定带着她。怎么说也算是我的关门弟子，不会比她学习成绩还差。"

看来简小执得倒数第一这事已经传开了。

魏国义笑着骂了一句。

"关门弟子，算不上还！等她腿好了，我带着她来正式磕头拜师！"说完，魏国义手背在身后，慢吞吞地回家了。

院里，简小执留着一盏小灯等魏国义回来。

魏国义去简小执房间看了一眼，简小执已经睡着了。

他在门口站了一会儿。

简小执翻了个身，手从被子里伸出来了，现在天气已经很冷了，怕她感冒，魏国义走上前把她的手塞回被子里。

这一摸才知道，简小执的手上都是拿刻刀留下的茧子，厚厚的茧子，一层盖过一层。

北方的秋天约等于无，就是冒了个头，然后几阵寒风刮过来，莫名其妙就下了一场早于全国各地的雪，这就好像是一个讯号，紧接着冬天轰轰烈烈地迈着隆重的步伐就来了。

天儿越来越冷，黑得也越来越早。

道上没几个人还骑自行车，学生们都坐公交车上下学。

简小执因为骨裂了，来回拄拐坐公交车不方便，戚亮就说那他用自行车接送好了。

虽然不是什么万全之策，但是当下也没有更好的办法了。

第二天上学，戚亮先在屋子里头把围巾给简小执戴好，系了很多圈，把棉服的拉链拉到最上头，把简小执捂得严严实实，然后才扶着她上了车。

没什么人的路上，戚亮在前边骑车，简小执在后边哼周杰伦的歌儿。

戚亮安静地听一段路，然后就会毫不留情地嘲笑简小执唱走调了，简小执就非常生气地捶戚亮的背。路边没剩几片叶子的老树，好像也含着笑，听着这俩人吵吵闹闹地穿过本该寒冷干燥萧瑟的冬天。

"哥，大哥，您是我哥行了吗？我求您了，别再逞强了，让我直接背您吧，我这么扶着您，任由您这么一瘸一拐地走到教学楼，一会儿还得上楼，等您到教室不都得中午放学了呀？"

"不行！"

简小执不知道在坚持个什么劲儿，就是不让戚亮背她。

戚亮眼看着还有五分钟就该打上课铃了，再也不管莫名其妙闹别扭的简小执，背着她就往教学楼跑。

途中，简小执特别忐忑地问戚亮："我重吗？"

戚亮一下子就明白了为什么刚才简小执扭扭捏捏的。

与此同时，他也一下子就想到先前简小执为了裴树生减肥，心里这个翻腾啊。

于是，他嘴上也一点不饶人。

"重。"

"喂！"

"特别重。"

"喂！"

这一幕被姚春霞给看见，她感动得不行，抹了抹不知不觉湿润的眼角。

平时这两人看着好像见面就得打架，其实说到底还是相互关心的好邻居呀！真好，下一周的流动之星就给乐于助人的戚亮了！

下午放了学，戚亮在简小执面前蹲下身子，示意她上来。

经过早上戚亮那么毫不拐弯的体重打击，简小执现在破罐子破摔，一丁点也不客气，完全没省力地直接压到了戚亮背上。

"走着！"

戚亮闷哼一声："简小执，你少吃点儿吧！"

"还说呢，好歹也是板上钉钉的运动员，这么点弱女子的体重都承受不起，以后怎么为国争光！"

戚亮反应特别快，立马反驳简小执怕是误会了"弱女子"这三个字。

两人吵吵闹闹地到了车棚，把简小执放下，戚亮给自行车解锁。

检查了一遍简小执的围巾手套之后，两人步入回家的路程。

风呼呼地从两人身边刮过，天空像是蒙了一层水泥，灰扑扑的。树叶早就开始掉了，被风一吹，铺满地面。

简小执嫌冷，把手揣进戚亮的校服衣兜里，戚亮不让。

"我清清白白男儿身，你怎么随随便便就把手放我兜里。"

简小执一巴掌招呼在戚亮背上。

"我又哪儿招你了？"简小执诚心诚意地问。

戚亮眼睛盯着路的尽头。

长长的一条街，长到好像没有尽头。

戚亮眯了眯眼睛，鼻尖被冷风吹得跟要掉了似的。

"张木棍的衣兜你也随便揣吗？"

"岂止衣兜，我要是冷了的话，我能把他衣服给扒下来。"简小执觉得自己挺疼惜戚亮这个运动健儿的，"你呀，就知足吧。"

戚亮不说话，好像也不太满意简小执这个答案。

简小执摇摇头，翻了个白眼，搞不懂戚亮最近脑子在想什么，感觉越来越青春忧伤了。

戚亮跟后脑勺有眼睛似的，立马问简小执："你是不是对我翻白眼了？"

"瞎说！"简小执否认完之后连忙转移话题，"好香，什么味道？"她吸吸鼻子。

"想吃烤红薯就明说，还学会设问了是吗？"戚亮翻了个白眼。

"我这不是含蓄一下嘛。"简小执挺羞涩的，羞涩完，手拍了拍戚亮的背，"这怎么还往前骑呢？"

再往前骑一会儿，该完全错过烤红薯摊儿了。

简小执回过头，眼睛直勾勾地盯着炭炉上烤得好像在流蜜的红薯。

"咱家自己也烘着呢。"戚亮试着和简小执打商量，"咱们忍一下，回家再吃，成吗？"

"你没带钱？"简小执一击即中。

戚亮沉默了。

"早说啊！姐请你！"

简小执豪迈地吹了声口哨。

"跟我客气什么啊，掉头！"

因为路上停了会儿买红薯，回到家稍微晚了一些。

魏国义和魏芊芊两人都在茉莉胡同路口等着。

远远地看见两人回来了，魏芊芊松一口气，招呼魏国义回去。

"得，放心了这下。赶紧回吧，今儿晚上吃什么啊？"

"炖了锅汤，一会儿让简小执给送——"

"等她一瘸一拐地蹦过来，汤都凉了，一会儿我让戚亮来端。"

魏芊芊扶着魏国义回了院子，再转身离开，正巧碰上戚亮和简小执停车。

简小执靠一边儿等戚亮，手里捧着红薯在啃。

戚亮停好了车，扭头看简小执吃得那么香，觉得不对劲儿。

"你吃的是我的！"戚亮说。

"嗯？"简小执低头一看。

"服了你了，金映明都比你啃得干净整齐，这吃得七零八落的，我还怎么吃。"戚亮吐槽归吐槽，但脸上表情看起来并不太生气，甚至嘴角隐隐约约还有点上翘。

简小执没注意到那些，只觉得自己耳朵有些烧，总觉得不太好意思。

于是，她龇牙咧嘴地扑过去打戚亮："你居然嫌弃我？还有，金映明已经正式改名叫'金月夜'了，说多少回，怎么还记不住！"

魏芊芊好笑地摇摇头，招呼那两人赶紧各自回屋去吃饭，然后写作业。

时间犹如一把扇子，缓缓张开。

不知不觉间，让简小执一听就打哆嗦的"高三"已经过去了一半。

高三上学期期末考试，最后一科考完，班里的同学各自从考场回来，一边搬自己的桌椅，一边把放到走廊里的书箱子往回拽。简小执考一半的时候就饿了，所以考试结束铃声一响，她就奔去小卖部买面包了。回到教室时，她发现自己的桌椅和书箱已经归回原位。想也知道是戚亮帮忙搬的，她嘿嘿一笑，把校服里藏着的面包拿出来。

"锵——"

简小执把面包凑到戚亮眼前。

戚亮正扬着脖子喝水，见到面包，不太感兴趣地摇摇头："不吃。"

"肉松的。中间夹了火腿，面包上还有葱花儿。"

"给我吧。"

于是在班里别的同学头顶着头对答案的时候，戚亮和简小执头顶着头，一边啃面包，一边在草稿纸上下五子棋。

姚春霞走进教室的时候，戚亮正在拧简小执耳朵，气得不行："你能不能不要耍赖？'落地生根'听过吗？好好的竞技游戏给你弄得跟人情买卖似的！有没有点体育精神！"

全班同学立马哄堂大笑。

戚亮挺茫然地回头，对上姚春霞愤怒的目光。

戚亮十分规矩地站起来，从课桌底下翻出一本书："姚老师，我自己去后边儿站着。"

简小执看看戚亮，又看看姚春霞。

"老师！戚亮刚才拧我耳朵，我就不去罚站了！"

姚春霞把书放到讲台上。

"刚才戚亮还拧简小执耳朵了？得，那将功折罪了，回来吧。"

"哈哈哈——"

在全班同学的笑声里，戚亮荣归座位，简小执挺受伤的，委屈地瘪瘪嘴。

姚春霞好笑地看了戚亮和简小执一眼，清清嗓子："好了，言归正传。考完试基本都对了答案了吧？考得怎么样啊？"

底下同学一阵嘟囔，闹哄哄一片，也听不清都在说什么。

姚春霞拍拍手，示意大家安静。

"好了，考得怎么样也只能说明是之前的学习成果，接下来还有半年，不要松懈，要继续努力。你们是高三的学生，没到高考，战争就没结束。黑板上这些作业，大家都抄好啊，不要开学的时候才说什么'不知道有这个作业''我忘了'，我不认的啊。还有就是说过很多次的安全问题——"

简小执打了个哈欠。

姚春霞瞪了她一眼。

简小执连忙闭上嘴，低下头，认真聆听。

"我知道你们已经听得不耐烦了，但我还是要强调，这过年嘛，谁家都要放点鞭炮什么的，但是，都听清楚啊！注意安全，能少放点就少放点，你们知道每年因为放鞭炮全国死伤多少人吗？出去玩的时候注意交通安全，不要开学的时候，谁给我吊个石膏啊，谁请假啊，这些情况最好不要出现啊。同学们啊，你们要时时刻刻记住你们已经高三了，这么快，这一半时间已经过去了，你们自己回忆一下，到底学了什么、学得怎么样，放假了就别只想着玩，等高考结束之后，才是你们玩的时候。自觉一点，别有人骂你们了你们才动起来……"

不知道什么原因，简小执眼睛居然湿润了。

从前她最讨厌姚春霞了，觉得姚春霞没事找事，逮着机会就针对她，不给她留面儿。其实是真的在关心这帮青春期小孩儿啊，成年之后才会知道，除了家人，不会再有人这么苦口婆心希望你努力了。成年之后，大家巴不得你赶紧堕落消沉出门就遇事，那样就能少一个竞争对手，多一条自己的活路。

"好了好了，不多说耽误你们回家了。把自己东西都收拾齐整啊，回去的时候结伴而行，到家之后让家长给我发个消息！"

姚春霞说完抱起书，走出两步了，又倒回来。

"对了，还有一句没说——"姚春霞有些不好意思地笑了笑，"新年快乐哟。"

"哇喔喔喔喔！"

"姚老师新年快乐！"

"新年快乐！"

在全班的欢呼起哄声中，姚春霞笑着出去了。

简小执擦了擦眼角的泪。

真是年纪大了，受不了这种散发人性之光的温暖热闹场合。

后背被笔戳了一下，简小执回头，戚亮本来是催她动作快点回家的，结果一看她有些发红的眼尾。

这是哭了？

戚亮顿了顿。

没事吧这人？

"你，那个，"戚亮有些手足无措，"要不，咱们歇会儿再走？"

简小执摇摇头："不行，张木棍跟我说他给我留了蜂蜜糕，回去晚了就没了。"

啧。

戚亮翻个白眼，真是，一腔体贴不如喂狗。

"那赶紧收拾东西，那么磨叽呢。"

简小执如果知道吃张林昆的蜂蜜糕的代价是听他念叨半小时的学习压力的话，她一定管住嘴不吃，迈开腿径直回家。

"你说，可怎么办啊。我觉得自己现在学习的后劲儿不足了，感觉没有突破空间了，你知道那种感觉吗？好像在原地踏步，就永远都止步年级第二名。"

简小执听到这儿，心里骂了一句脏话，艰难地咽下今天仿佛格外噎喉咙的蜂蜜糕。

"唉，你别光顾着吃啊，你听听我的烦恼和困惑啊。"张林昆有些不满。

"你什么烦恼和困惑？你要是属于在原地踏步，那我是什么？逆行绕圈？怎么那么不知足呢？我别说年级第二名，我要是得个班里前十五名，我能吃饭不用筷子，睡觉不用床，全靠一身骄傲活着，我不嘚瑟给全世界知道都白瞎了我这大嗓门儿，别人见面说你好，我见面说我考了全班十五名。你还有什么不知足的？你今儿是来找抽的吧？我忍你很久了！"

简小执越说越气，蜂蜜糕也不吃了，双手一交叉抱胸，气哄哄地瞪张林昆。

张林昆本来挺郁闷，听简小执这么噼里啪啦一长串说完，觉得自己好像是有些过于矫情了，连忙好声好气地赔礼道歉，把简小执哄回家。

简小执问："你真觉得对不起还是假对不起啊？"

"当然是真的啦。"

"那这样，光说对不起显得你没诚意，这个寒假你帮我跟戚亮补个课。"

张林昆哀号一声，脸上写满了拒绝，但是又不敢反抗简小执，最后只得憋屈地点点头，勉强答应："那也行。"

简小执一看这架势，不乐意了。

"怎么呢这是？"

"没怎么没怎么——"张林昆连连摆手，为了证明自己的积极性，率先说道，"那就从明儿早上开始吧。咱们先从最难的开始，先把数学给搞定！"

简小执这才满意，点点头。等张林昆一走，她立马窜进戚亮的院里，告诉了他补课的计划。

戚亮正围着火炉看电视呢，一听要补课，脸皱得跟苦瓜似的。

他说："咱们能不能商量个事，你好好学习，你就自己好好学习，别把我带上成吗？"

"那当然是不成，好朋友就是要共同进步！"

戚亮还想说话，魏芊芊端着一大盘待会儿烫火锅的蔬菜进来，一边招呼俩小孩收拾桌子，一边说："让你学个习跟在害你似的。人家简小执学习都不忘带着你，你还找理由不去。这事我定了，你俩明天一起去张木棍家学习去。都高三了，一点紧迫感没有呢。"

简小执一听自己被夸了，立马骄傲自豪地挺起胸脯，就差在脑袋边比一个少先队员礼。

戚亮翻了个白眼，痛苦地叹了一口气。

这是戚亮有史以来过得最痛苦的一个寒假，每天天不亮就被魏芊芊叫起来朗读英语，这就算了，关键是读到一半，隔壁简小执也起来早读了，听见他的早读声，还一点儿都不留情面地趴在墙头，嘲笑他的口语发音。

戚亮一直不喜欢读英语，就是因为他的口语不太好，结果见天儿被简小执这么嘲笑着，居然也搞出了破罐子破摔的气势，反而越读越大声，慢慢地，居然还越来越流利，越来越标准了。

"凡事不破不立，说破无毒。"简小执挺得意地摇晃着脑袋，"你呀，就感谢我吧！"

那小模小样看得魏国义直摇头，懒得理嘚瑟到天上去的简小执，他招呼戚亮去坐着陪他听戏，说："我就不喜欢那些洋玩意儿，学外语做什么，咱们能把中国话说好说到位就谢天谢地了。"

日子一天天过去，很快农历新年就到了。

这一年依旧是戚亮家和简小执家一起过。

魏芊芊做了好吃的年夜饭，两家四个人，吃得倒也非常热闹。

简小执拎着一盒子饭菜给自己师父张骥合老爷子送去，天黑路滑，戚亮怕她再给摔一跤，主动提出陪她一起去。

张骥合老爷子家里也正在吃年夜饭，张林昆老远就听见戚亮和简小执的脚步声，不等他俩敲门，先行打开了门。

张林昆把手揣在衣袖里，站在门口等他俩。

"爷爷刚才还在念叨，你怎么还不来呢。"

简小执乐呵呵地说："这不是路上结冰了吗？怕摔，一路走得比较谨慎。"说完大着嗓门吆喝了一声，"师父！"

张骥合掀开门帘，另一只手背在身后，明明眼睛嘴角都是笑，偏偏又要摆出做师父的威严模样。

"还不赶紧进来！外边不冷啊？"

简小执笑嘻嘻地凑上前，献宝似的，把饭盒递给张骥合："魏姊做的，特好吃！"

他俩来的时候呢，是拎着一盒子饭菜，走的时候，换成了一大袋水果零食。

张骥合交代："代我向魏老爷子和戚亮妈问好！"

简小执点头："知道！"

回家的路上，简小执嗑着瓜子，心情特好。

戚亮思忖一路了。

他其实给简小执准备了新年礼物，但是一直没掌握好该在什么时机给她，要是一会儿回家之后当着姥爷和老妈的面儿，总觉得不太好意思……

想来想去，只有现在这个时刻了！

戚亮深呼吸一口气，停下脚步。

简小执下意识也跟着停住了，但嗑瓜子的动作还没有停。

"怎么了，落东西了？"

戚亮摇摇头。

他又深呼吸一口气，一直揣在衣兜里的手拿出来。

简小执看见一个小方盒。

戚亮说："送给你，新年快乐！"

"要搞得这么正式和隆重吗？"

简小执喜出望外，瓜子也不嗑了，双手接过小方盒，激动地打开。

一块表。

可能是地上全是积雪的缘故，这夜空看着也不是那么黑，而且好像还反着光亮，映得地上的人也挺清晰。

简小执的表情看起来像是停滞了一样。

她挺犹豫地开口："这，难道就是传说中的'送终'？"说完，警惕地看向戚亮。

戚亮气得想收回礼物。

"是我们一起度过的时间好不好！"戚亮气急败坏。

简小执笑了。

对，时间。

墙上的狗尾巴草一轮一轮地长；蜂窝煤被烧掉又重新堆起来；鸽子飞走又回来……时间是一切事情的答案。不知道该怎么处置的心意，想不明白的困惑，对未来的担忧恐惧，也许这所有的一切，都可以用时间来解决。

简小执把棉袄袖子挽起来，露出手腕："那你给我戴上。"

"好。"

不知道是不是简小执的错觉，她总觉得戚亮的声音在呼啸而过的北风里，显得格外温柔。

高三开学比其他年级早，进入高三后半程，整个复习节奏肉眼可见地快了起来。

早春，气温刚刚回升，简小执就迫不及待地穿上了短上衣，外边也穿着单薄的春季校服，为了把戚亮送自己的手表亮起来，还嘚瑟地把袖子卷起来。

戚亮拧着眉，匪夷所思地问：

"不冷吗？"

"跟漂亮比起来，冷算什么。"

戚亮无奈地笑。

他一边摇头，一边伸手把简小执的袖子拉下来。

"鸡皮疙瘩都冻出来了，不知道显摆个什么劲儿。"

简小执撇撇嘴："显摆你送给我的手表啊。"

戚亮手一顿，隔着校服袖子，圈了一下简小执的手腕。

这一幕刚巧被段多多看到，一瞬间喉咙跟碰了电门似的，一串拐弯抹角的怪叫连续地发出来：

"哇——噢——"

简小执挺不好意思的，耳朵烧突突的，跑过去捂段多多的嘴。

段多多笑嘻嘻地躲开，一边躲一边继续怪叫：

"哇——噢——感天动地的邻居情啊！"

托段多多大嘴巴的福，很快全班人都知道简小执手上那表是戚亮送的了，天天看他俩都挤眉弄眼的。

戚亮训练的时候，简小执去场边等他——平时都这么做的。偏偏现在简小执一出现，周围人就都意味深长地看着她。

尤其是那队长陈刚，眼睛在他俩之间打转，要是眼神可以翻译成文字的话，他的眼神都可以写成一部七万字的小说了。

这还怎么过日子！

简小执一个羞窘，决定不等戚亮了，每次都自己先回家。

魏国义看她现在都独自回家，以为她跟戚亮吵架了，担心得不行。

"我管你现在闹什么情绪，多半是你的错，赶紧去跟戚亮道歉。"魏国义说。

简小执委屈得不行，上屋顶独自吹风。

戚亮训练完回来，看简小执独自在屋顶上哀愁，把书包放下，利索地也爬上去，问她最近怎么了，这么反常。

"该不会又是你那个裴树生搞了什么幺蛾子吧？"戚亮酸溜溜地说。

简小执苦着一张脸。

"装个什么树生啊，我现在对他已经完全没心思了。"

"哦？那你现在对什么有心思？"戚亮竖起耳朵。

"我现在就对学习有心思。"简小执说。

"你这话是对得起你 52 分的政治还是 76 分的数学？"

"嘁。滚滚滚！我那是一时发挥失常！实际上我成绩在稳步上升好吗！"

其实她这么哀愁，除了跟戚亮剪不断理还乱的关系之外，还有就是她翻日记想起来，三天之后，金月夜就该走了。

简小执躺在床上，彻夜难眠。

早知道金月夜不年轻了，从捡到它开始，就知道它是只老狗，活不了太久。

晚上睡不着的直接后果就是白天睡不醒。

高三的体育课基本就是摆出来应付上头检查的，实际上大家都知道体育课就是自习课，上课铃一响，数学老师就抱着卷子过来了。

"课代表发一下卷子，咱们这节课讲题啊。"

简小执硬撑着听了一会儿，没五分钟，倒头睡得天昏地暗。

"……行，今天就讲到这儿，剩下的时间，大家自己上自习，有不懂的来问我。"

数学老师在讲台后坐下，找前排同学借了支红笔，开始批早上交的练习册。

没一会儿，就有同学抱着卷子上去问题了。

戚亮看着前排熟睡的简小执，趁同学上去问题的工夫，把外套披到了她身上。

大鱼正版

下课铃刚响，简小执就醒了。

她伸了个懒腰，背上掉下什么东西。

一看就知道是戚亮的外套。

她有些拘谨地要把外套还给戚亮。

戚亮正忙着跟段多多下五子棋，头都没抬。

"穿着，刚睡醒就脱，想感冒啊？"

段多多立马不下棋了，开始起哄。

其他同学不知道具体发生了什么，但"起哄"这种事就跟狼嚎一样，一个必定引发一群。

很快，局面就变成了全班跟着一起怪叫。

"哇哦——"

可怜简小执年纪轻轻就尝到了女明星绯闻缠身的苦恼。

更可怕的是，他俩之间的相处现在越来越"忸怩"了：简小执上课掉了一块橡皮，滚到了戚亮座位边上，戚亮顺手捡起来，递给她。

简小执接过橡皮的瞬间不小心擦过了戚亮的小拇指，两人居然同时一愣，然后迅速地都甩开手，各自规规矩矩地坐在座位上，头一个比一个低得低。

段多多看看戚亮，再看看简小执，嘴角挂上一抹高深莫测的笑。

这么下去也不是办法！

戚亮痛定思痛，决定勇敢面对。

他勇敢面对的方式就是先发制人，贼喊捉贼。

"你最近不对劲儿。"戚亮严肃地对简小执说。

简小执没精打采地看了他一眼。

不怕简小执翻江倒海，就怕简小执没精打采。

戚亮心底那些有的没的全都消失了，现在专心关注简小执。她一般来说不开心都是因为成绩。

他语带关心地问："怎么了，没事吧？"

"我……有预感。"

"这还用预感吗？你这次考试肯定倒数啊。"

简小执踢戚亮一脚。

"我不是说这个！我说金月夜！"

"它怎么了？"

"我有预感，它时间不多了。"

"这是犬神托梦给你的？"

简小执气得不理戚亮了，自己转过身，趴课桌上哀愁。

戚亮拿笔戳简小执背："行，就当你预感是对的，那你打算怎么办？"

简小执又转过身来，跟戚亮商量"该怎么办"。

"怎么着，得牵着它在茉莉胡同里遛一圈，让它记住这地儿长什么样子的，下辈子转世重新做狗就别在别地儿浪费时间了，直接到茉莉胡同来。"

"还有家里那鹦哥，平日里姥爷护犊子，不让它靠近，晚上回去我把鹦哥放它身边，任它调戏。"

"金月夜喜欢吃的扇形骨头得管够吧？放学之后我去菜市场搜罗一圈。"

"还有什么？"

两人头顶着头，都拼命思索怎么样能让金月夜走得没有遗憾。

这一商量就上瘾了，直到上课都还停不下来。

这节课是英语课，姚春霞在讲卷子，简小执和戚亮错得实在太多，听着听着纷纷困了。

姚春霞一个粉笔头丢过来，正中戚亮脑门儿。

戚亮一猛子清醒过来，动作太大，桌子一抖，把简小执也弄醒了。

两人精神了，于是开始传字条，继续商量该怎么好好让金月夜安度最后的晚年。

"好了，下课。戚亮、简小执来一下办公室。"最后，实在忍受不住的班主任大人发话。

两人被罚背范文。

简小执早早背完，走了。

戚亮则困难很多，好半天才背完出办公室。

他一出去，就看见简小执在楼梯口等他。

等得太久，她一见到他，不禁略带优越感地嘟囔几句："你是不认识单词吗？这么七行作文给你背到现在？"

"这么嘚瑟，我看你英语也没考满分啊。"

天儿有些阴了，看着像是要下雨。今天的云实在太别扭，不流畅也不繁盛，就像是谁随手撕开的棉絮，一扎一扎地扔在天的幕布上。

"怎么都春天了，还凉飕飕的。"简小执跺跺脚。

戚亮弯着腰给自行车解锁："急什么，会热起来的。"

简小执跳上戚亮的车。

"赶紧走吧，一会儿得下雨了。"

简小执很清楚地记得：金月夜是黄昏的时候走的。

那一天，它吃了简小执给买的昂贵进口罐头，还吃了戚亮去菜市场搜罗所有摊位讨来的扇形骨头，戚亮带着它围着茉莉胡同走了整整一圈，姥爷把鸟笼从树枝上取下来，放它面前，任由它逗，跟鸟吵架。一向对狗敬而远之的魏婶今天也来了它跟前，摸了摸它的头。

金月夜呜咽两声，声音颤颤巍巍的，像裂了小半又还藕断丝连将将完整的琴弦。

简小执眼眶发热，她捏捏金月夜的耳朵。

软塌塌的。

金月夜又哼唧一声，微微抬起头。

简小执知道，这是它平常撒娇的前兆，抬头之后，就该蹭她的腿。

只不过现在它没力气，头都抬不起来，才一半就倒下了。

简小执眼眶里含着泪，伸手把金月夜抱在自己怀里，用脸蹭它的前额，轻拍它的背。

"不痛啦。"简小执小声哄它。

金月夜闭上眼睛，尾巴在地上有气无力地晃了晃。

简小执抱着金月夜，很明确地知道它已经去了另一个地方。

戚亮拍了拍简小执的背。

简小执忍了很久的眼泪夺眶而出。

"没事的，金月夜走的时候心情很好呢。"戚亮安慰简小执。

"嗯！"

天上的云还是很厚，像是要落雨，但又没落雨，沉沉地压在地平线上方。

补充日记——

2007 年 3 月 18 日

天气：明明都立春了，但还是很冷。

金月夜死了。

从胡同口捡到它就知道它年纪已经很大了。

但每回和戚亮遛它的时候，它分明都一副活泼正值壮年的样子。

怎么就突然死了呢？

看着它慢慢停止颤抖和呼吸，既不舍，又希望这一切赶紧结束——它早点结束痛苦，利索去世。

……

再来一次，也许什么都不能挽回，什么都不能拯救。

但也许可以补偿一点点遗憾。

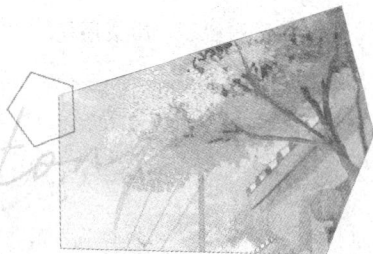

第八章
我喜欢你
MoliHutong

　　魏芊芊看简小执连着好几天都没什么精神，有些不放心，趁着戚亮和简小执上学去了，她一边剥豌豆，一边到魏国义院里，问他："您最近又骂简小执了？"

　　"这我可真没有。"

　　魏国义拧开收音机，闭上眼睛，躺倒在藤椅上，叹了一口气。

　　"自打那狗走了，简小执就闷闷不乐的。"

　　"这说明简小执这孩子重感情，挺好。"

　　"她那脾气性格你还不了解，肚子里装不了三两油，藏不住事，我就怕这情绪影响她学习，这马上要高考了，我是真担心。"

　　"担心也没用，成龙上天，成虫钻草，小鸡尿尿，各有各的道儿。

您啊，有时候把简小执管得太严，我看她是蔫有准（方言，有主意的意思）的。"

魏国义哼一声，眉头还是皱着，要是以前，倒也不至于这样。主要是最近他老觉得身子不松快，沉甸甸的，人越老越怕上医院，怕真查出什么毛病。

魏国义又叹了一口气。

门口传来红顶三轮儿慢悠悠晃过胡同的声音，魏国义想起来自己有段时间没摆弄空竹了。

他叫住魏芊芊，难得有些示弱："要是我走了，您看我面上，顺手捎带着照顾照顾简小执。"

"这说的什么话！"魏芊芊瞪魏国义一眼，"您啊，身子骨好着呢，这不一个冬天没怎么动弹嘛，现在觉得怠懒是正常的，等天儿好起来，什么问题都没啦！"

在学校里，简小执本来还专心沉浸在金月夜走了的哀愁里，结果姚春霞噔噔噔走进教室，先噼里啪啦骂了一通。

"值日生是谁，怎么不擦黑板，等着我来擦啊？"

简小执一抬头。

刚好是她！

可真背！

简小执灰溜溜地蹭到讲台上，低着头，不敢直视姚春霞，只三下五除二立马把黑板擦干净，然后以最快的速度，溜回自己座位，这还伤春什么悲秋，背后的汗毛都要警惕地立起来了。

"课代表，去办公室帮我把练习册抱来，其他同学看书上自习。

207

这次月考，咱班地理，全年级最差！气旋反气旋，拿大拇指比画啊，我都知道，这怎么还能错呢？"

全班同学齐刷刷地埋着头，不敢吭声。

"还有那历史，我听历史老师说，你们大题就写一句话摆那儿。不是我说，就算啥也不知道，材料好歹抄一两句放着啊，指不定还能是个得分点，就空着？等谁来给你们写啊？"

课代表抱着练习册走进教室的时候，全班同学不约而同地松了口气。

简小执也不例外，她刚松了松紧张僵直的背，就听见讲台上正在批作业的姚春霞特别明显地"啧"了一声。

"哗哗哗——"

书页翻动。

姚春霞翻到第一页，看着名字。

"简小执，上来。"

啊啊啊！

简小执心里流着宽面条眼泪，僵硬地走到姚春霞跟前。

这套题她做的时候心情不好，根本没认真，随便对付写的，结果刚巧撞姚春霞枪口上！

"你看你这个阅读理解错得哟，我不是说了，拿着题第一件事先通读全文，大概了解讲了什么事吗？你这选的啥啊，不认识单词的话，介词和连词是可以帮助你理解生词的，你看这里这个'while'还有这个'with'，'with'几种用法，你背一下呢？"

简小执艰难地咽一口口水，结结巴巴地重复问题："'with'的用法，嗯，首先，它作为介词，表示……"

姚春霞眼睛直直地盯着简小执。

简小执本来就记不太住，被这么一盯，脑子更是成了空白。

"强调了多少遍的重点，为什么还是记不住？到底有没有用心学？这段时间你状态很不好啊，赶快调整过来！戚亮去打比赛了，你还在学校，你还得认真学，得高考，知道吗？"

简小执点点头。

"你们这个年纪，就是太重视情绪，其实那都不重要，只要忙起来了，哪还顾得上难过不开心，赶紧调整好状态，还有几十天就高考了，行百里者半九十，别努力那么久，都这关头了开始放弃了，听到没有？"

"嗯！"

"拿回去重写，写完了拿上来给我看。"

简小执往太阳穴抹了点风油精，静下心，照着姚春霞教的方法，从头开始，一句一句画出主谓宾，抓取信息，大致明确全文的人物、时间和事件。

她重新做了一遍，拿上去给姚春霞检查。

"这还行。"姚春霞欣慰地点点头，"这才像样嘛。"

高考来的前一天，简小执跟戚亮并排着推着自行车回家。

云朵后面像是藏着好几颗太阳，亮得不行。下过雨的街道，两侧断续有积水，漂亮绚烂的云霞映在积水里，车子驶过路面，像是在天与天的间隙里飞驰。

"紧张吗？"戚亮问简小执。

简小执想了想："不知道，胸口好像压着什么东西，但又不至于喘不过气。应该是不紧张吧？"

"这应该是还可以控制的紧张感。挺好，完全不紧张好像也不太行。"

简小执点点头。

"对了，给你这个。"戚亮从校服兜里掏出一个小方块的东西，"之前我去国青队，你送的茉莉香包。我往里加了一点我自己种的茉莉花，给你，明天一定会顺利的。"

"考场让带吗？"

"这上面没字儿，应该可以带。"

简小执思考了一下："我挂书包上吧，要是揣兜里，明天给监考老师扣下了，多划不来。"

"也行。"

第二天一大早，魏国义就把她叫醒，紧张兮兮地问简小执感觉如何，身子有没有不舒服。

简小执坐在石榴树底下醒神。

"我眼睛酸。"

"啊？这是为什么啊？"魏国义立马急了。

"还能为什么，困的呗！"去胡同口买了早饭回来的戚亮，一踏进简小执院里就听见她说自己眼睛酸。

他把包子递给简小执："刷牙去。"

"我想喝炒肝儿。"

"我还想吃焦圈呢。不行，这俩味儿太重，张婶说吃了上午做题精力不集中。"

魏国义深以为然，点点头："说得对，还是吃包子喝豆浆来得安全健康。"说完催促简小执动作快一点，一会儿人多车多了万一再堵在去考场的路上。

简小执一边刷牙，一边反驳："我们骑自行车，谁被堵，我们也不可能堵啊。"

"那也动作快点，早点去考场，熟悉熟悉环境。"

"哎呀，姥爷，是我高考还是您高考啊？冷静，您搞得我都紧张了。"简小执把嘴里的漱口水吐出来，甩了甩手，拿起旁边的包子，啃了一口。

这关头魏国义怎么敢让简小执紧张，立马闭嘴，眼神传达催促之意。

戚亮看不下去了，把简小执的书包打开，检查了一遍，准考证、身份证还有笔都在，他把两人书包挂自行车头上："行了，走吧。"

简小执坐上戚亮的自行车后座，右手揽着戚亮的腰，左手端着包子。

"姥爷，您就等我凯旋吧！"

最后一门考完。

简小执走出考场，有些恍惚。

戚亮拿着一瓶雪碧在走廊等她。

"考得怎么样？"戚亮问。

"反正都写完了。"简小执接过雪碧。

"行，现在也只有听天由命了。"

一直悬在心口的"高考"完成之后，本应该松一口气，但是与此同时，好像心口也缺了一大块似的，猛地有些不适应和茫然。

裴树生在 QQ 群里问大家晚上要不要出去吃散伙饭。

段多多回复得很快："走着！"

群里的其他人议论纷纷：

"吃完饭要不再一起去唱歌吧？"

"可以！我报名！"

"尹典，你唱歌难听死了，报个什么名！"

"嘿，你这就是嫉妒！"

"真行，我都不知道该怎么笑了。"

"哈哈哈哈哈哈哈哈！"

段多多私聊简小执："群里问要不要出去吃饭唱歌呢，你看着了吗？"

简小执问戚亮去不去，戚亮问简小执想不想去。

"聚一聚吧，以后见不着几次了。"简小执说。

"行。"

简小执回复段多多："走着！"

回完消息，简小执和戚亮顺着人潮往楼下走。

戚亮看简小执心不在焉的，怕她摔，于是伸手虚虚搁在她身后，护着她。

简小执没注意到这些，问他："你觉得我是个怎么样的人？"

戚亮莫名其妙："怎么突然问这个？"

"就是想知道……高考之后，我们还会在一起吗？"

"那我们现在是在干吗？"戚亮敲了一下简小执的头，"复习傻了吧你。"

简小执笑了笑。

戚亮没听明白她这句话的意思。

魏芊芊和魏国义早早地在学校门口等着了，一见两人出来，立马迎上去。

与此同时，张林昆的爸妈也在校门口候着，见着张林昆出来，也立马迎上去。

"考得怎么样啊？"

"应该能拿状元。"张林昆说得很谨慎。

戚亮、简小执脚步一顿。

魏芊芊和魏国义的脚步也双双一顿。

"张木棍，你给校花写的情书被退回来了，我是现在给你还是一会儿回家了给你啊？"简小执故意说。

张林昆面红耳赤："谁、谁写情书了！"

"嗯？什么情况？"张父望着自家儿子。

"哎哟，别听简小执瞎说，我专心学习呢，只是偶尔见着校花了，捎带着瞅瞅。"

张林昆被爸妈带走，一边走，一边回头对着简小执比了个大拇指向下的手势。

简小执做了个鬼脸："活该！谁让你嘚瑟！"

戚亮笑得不行，他把简小执的书包挂自己自行车车把上："你这些鬼灵精放一半在学习上，指不定今天嘚瑟'状元'的人就是你了。"

"没可能的，我已经试过了。"简小执很笃定，她的确是正儿八经认真学了的，可这次高考还是有不会做的题。

"姥爷，今儿晚上我们班搞散伙饭，不回去吃。"

"戚亮呢？"

"姥爷，我跟着一道去。"戚亮回答。

"那行。"魏国义放下心。

魏芊芊叮嘱他俩："吃饭行，别喝酒啊。小执，你看着点戚亮，晚上结束了就赶紧回家，别玩太疯。"

简小执觉得魏芊芊夸张了，这才哪儿到哪儿啊，喝什么酒。

结果，他们一到饭店，率先给包间里垒着的五箱啤酒镇住了。

"这谁点的啊？"简小执问早到了的段多多。

"那帮男生点的呗，还能有谁。"

"不是，他们会喝吗？"

"会喝不会喝，现在也得装会喝啊，不然怎么假借醉酒告白。"段多多对简小执眨眨眼，"今晚上，你指不定可以期待一下戚亮。"

简小执一听这话，立马开始捶段多多："嘶——你话怎么这么多！"

慢慢地，人都到齐了。

沈林最先吆喝说今晚上不醉不归，这话刚出口，就被简小执拦下了。

"差不多得了啊，一会儿都喝醉了，看你们怎么回家！"

沈林笑嘻嘻地拿起子开酒："别人我不知道，戚亮我肯定知道是谁护送着回家。"

这话一出口，包间立马沸腾了，纷纷开始起哄，怪叫。

戚亮上完厕所回来，推开门，听这么大动静，还以为自己走错了。

"呀，这不另一主人公吗！"沈林吹了声口哨，隔空指着简小执身边的座位，"尹典你怎么没点眼力见儿呢，还不赶紧让位！"

尹典揶揄地笑："哎呀，这事确实怪我，怪我。来，往里串串。"

于是，整个桌子的人都在移座位。

简小执被臊得满脸通红，一看戚亮，他居然大大方方地走过来，坐下。

面前的空杯子已经被倒上了酒，戚亮笑着把杯子端起来，冷杯壁碰了碰简小执的脸。

"你这是害羞了啊？"戚亮头凑过去小声问简小执。

"走开！"

戚亮把杯子从简小执脸边移下来，冰啤酒把杯壁洇出冷雾，简小执滚烫的脸把冷雾又给晕开。

"哇，这谁的脸啊，这么烫。"戚亮装模作样地问。

段多多在旁边笑得快把大腿拍烂，跟戚亮一唱一和："哎呀，是谁的反正不是简小执的。"

简小执受不了，给左右两人各来一巴掌招呼在背上，声儿那叫一脆亮，伴随着两人同时的闷哼忍痛声。

简小执扬起头，翘起嘴角："我看是我最近为了高考收敛太多，你俩都快忘了我的本性了。"

段多多揉着背，一张脸皱得不行："你这什么怪力啊，劲儿也太大了。"

简小执没来得及回话，裴树生拿着手机走进包间。

"姚老师说喝酒顶多一箱，她认识这家店老板，说我们要是有人醉着出去的话，她就上门家访去。"

包间内立马一片哀号。

沈林叫得最厉害："一箱够喝什么啊！"

简小执毫不犹豫地拆穿他："你可拉倒吧，之前跟我做同桌的时候吃个酒心巧克力都晕乎的人，现在在这儿充什么面子。"

"哈哈哈哈哈哈！哈哈哈哈哈！"

裴树生也笑，两手摊开，耸耸肩："我刚才还在想该怎么不失男子气概地躲酒呢，这下松口气了。"

不少男生颇为认同地点点头。

沈林被简小执揭了底，也不装老练了，他举起酒杯："那咱们这群小菜鸡先来一杯，尝尝味儿！十年后同学聚会，我们搞个五十箱的！"

"喔！"

热热闹闹的一顿饭吃完，一群人哼着歌儿，三三两两地往KTV走。

戚亮看着有些沉默。

简小执以为他喝多了，挺紧张地问："你没事吧？"

戚亮看了她一眼，欲言又止。

"想吐啊？那你赶紧离我远点儿！"简小执连忙说。

"你有没有良心的？见人摔了不扶拉倒还怕被溅上泥。"戚亮气笑了，"亏我妈还让你看着点儿我呢。"

"我看着的！今儿晚上你喝了七杯酒，算男生里喝得多的，所以我才问你嘛，是不是喝多了。"

"八杯。"

"啊？"

"我今晚上喝了八杯，"戚亮纠正简小执，"你中间跟裴树生出去的那段时间，我又喝了一杯。"

在这儿等着她呢。

简小执哭笑不得。

"我发现你对裴树生的意见真的很大。"简小执小声说。

戚亮不理简小执这句话，继续问："他叫你出去做什么啊？"

"他问我明天要不要出去玩。"

"然后呢？你怎么回答的？"

"我说明天我要发烧，去不了。"

戚亮一下就乐了。

简小执翻了个白眼儿，摇摇头，一副受不了的样子。

"为什么不和他一起出去玩啊？"戚亮笑了一会儿，又问。

"我又不喜欢他，为什么要跟着一起去玩？"

"那——"戚亮顿了顿，"那你——"

简小执不自觉地屏住了呼吸。

戚亮本来垂在身侧的手悄悄握紧。

"那你喜欢——"

简小执倒吸一口凉气，这是不是就是刚开始段多多说的那个情况了？

她生平第一次觉得头皮太薄，脑袋里像炸开了五千朵烟花，她总感觉下一秒脑子会爆开来。

"那你喜欢谁？"

戚亮一口气把话问出来。

烟花炸开了。

简小执觉得眼睛、鼻子和嘴全都不是自己的了，眼睛往两旁瞟，鼻子吸不上来气，嘴嗫嚅着要说话，但又得兼顾着吸气，身子像一个被吹得过于饱和的气球，头脑一片空白，耳朵却好像听到了直升机轰鸣的声音。

过了好一会儿，简小执才反应过来，她听到的不是直升机螺旋桨的声音，是她耳鸣了。

"我……"简小执正要开口说话。

等简小执回答等了太久的戚亮却泄了气。他拍了拍简小执的背："得了，看你紧张那样儿。"

"走吧，咱俩都落后大部队了。"

戚亮手揣在裤兜里，率先迈出步伐。

简小执看着戚亮的背影，心里的后悔倒出来能有五斤半。

之后唱歌也食不甘味的，班里别的同学一开始或许还扭捏，后来一听尹典唱歌那样都大着声音吼，慢慢地，也不害臊了，都开始抢着话筒唱。

简小执坐段多多身边儿，哀愁得宛如阳光底下萎靡不振的蘑菇。

段多多以为是自己开头误导简小执了，让她以为今晚上戚亮一定会告白，现在她这么没精神，是戚亮没动作？

段多多看了一眼戚亮，他抱胸跟个大爷似的坐沙发上，表情看起来在笑，认真听沈林"鬼哭狼嚎"的样子。

段多多叹口气。

怎么不知道把握时机呢？

可急死她了。

"小执啊，我跟你讲，"段多多拍了拍简小执的大腿，语重心长地说，"等待，也是爱情的一部分。"

这边安抚完简小执，段多多又把戚亮叫出去，瞪着他："你怎么回事！"

戚亮丈二和尚摸不着头脑："什么怎么回事？"

"你听说过一句话吗？动作快，才能收获爱。你这磨磨叽叽的，跟要冲到终点了结果开始蹲下系鞋带有什么区别？"

晚上，戚亮和简小执一起回茉莉胡同，一路上两人都异常沉默，各自在脑子里琢磨各自的事。

戚亮在琢磨现在开口说喜欢，会不会显得他像是喝多了。

但是，段多多今晚上说的话也有道理。

以前那是担心裴树生在中间隔着，现在简小执已经明确表示了不喜欢裴树生了，那她还能喜欢谁？只能是自己呀。回首这一路，自己对她来说怎么着也应该是特殊的吧——要不怎么茉莉香包只给他呢。

应该是喜欢自己的吧？

是吧？

那不然呢，还能喜欢谁？

应该是自己。

嗯，就是自己。

好，那么现在鼓完劲儿加完油了，下一个步骤就应该是开口把自己的心意说明白，这一开口，就开了三天半。

戚亮硬生生能每一次都把这个话茬给憋下去，关键是自己都不知道到底是在害怕犹豫个什么劲儿，就是张不了嘴，是怕张嘴就跌面了吗？好像也不是啊。总之开口太难了，真的太难了，怎么会这么难呢？

魏芊芊跟戚亮说了好半天话，结果他一点反应都没有，目光呆滞地盯着石榴树。

"嘿，我说你这孩子，我跟你说话你听着了吗？"

戚亮恍惚地转头，看着魏芊芊的眼睛里写满了茫然。

"我说，今儿晚上咱家做糖醋排骨，让你去叫上隔壁魏姥爷和简小执一块儿来吃。"

"哦，好。"

今天晚上难得比较凉快，可能是因为五六点那会儿下过雨，风吹过来透着一点凉，在夏天的晚上吹着这种小风还挺舒服的。四个人坐在小石桌上吃饭。

戚亮听说过一句话，叫情人眼里出西施，他寻思这句话的意思就是只要你喜欢那个人，那么她所有行为在你眼里都特好、特顺眼、特舒服，但是吧——

戚亮看着简小执，他简直觉得匪夷所思。

一个人的吃相怎么能这么……汹涌？

"你慢着点吃，咱国家都富起来了，人民生活水平都提高了。你这吃相，不知道的以为你刚从什么难民营回来。"

简小执两边腮帮子都鼓得圆圆的，好不容易把满口饭菜、排骨咽下去，她喝了口茉莉花茶，清清嗓子。

"不这么吃的话，就是对魏姊厨艺的不尊重。"

戚亮翻了个白眼。

简小执咧开嘴，嘿嘿傻乐。

戚亮看见她的左边脸颊上沾上酱了，自然而然地拿大拇指给她擦干净，一边擦，一边说："你反正是碰上什么事，都有正当理由为自己辩解。"

"要不怎么说我至今活得都特滋润呢。"

简小执对戚亮做了一个鬼脸。

戚亮笑了笑，又无奈又好笑地捏了捏简小执的脸颊。

魏国义和魏芊芊交换一个眼神。

这俩有情况。

晚上睡觉前洗漱，戚亮在洗脚盆里边兑好了热水，给魏芊芊端过去。

"儿子，你跟妈说句实话，你是不是喜欢小执？"

"妈，你说什么呢？我不是，我没有，你可别乱说，哎哟，真没有，误会了，没有，哈哈哈！"

魏芊芊摇了摇头。

这傻小子。

"你呀，下次否认的时候，记得别重复这么多次，我就问你这么一句话，你看你端个洗脚盆，里面水漏出来多少？手都抖成什么样儿了。"

第二天一大早，简小执在街角早点铺里看到了戚亮。

"哟，一大早吃卤煮火烧，你味儿挺大的呀。"

"这不是想着败败火吗？"

"吃卤煮火烧来败火，你怎么不吃冰棍来御寒呢？"

"这你就不懂了吧，咱这叫以毒攻毒。"

简小执乐了："不跟你臭贫了，一会儿到我那儿来一下。"

戚亮挺警惕地看着她："你干吗？"

"有正事找你。"

得。

一听正事，戚亮就知道，今天不会好过。

可愁死人了，简小执老是问他她雕的那些小玩意儿好不好看，他根本看不出来好赖，只能说好看，简小执就觉得他敷衍，他为了证明自己没有敷衍，就得用各种词来夸，而且还得不露痕迹，得听着不像是产品展览册上现成的话。这可愁死他了，越想越觉得非常难，所以说他迈向简小执家的每一步都非常沉重。

尽管沉重，但还是到了。

他推开简小执的房间门，果然看见简小执埋头坐在书桌前，一副非常刻苦认真的模样。

这架势，八九不离十又是来问他雕的东西好不好看的了。

戚亮连忙在脑子里复习最近新攒的几个词儿。

简小执听见脚步声，都不回头，直接喊："你快过来，快过来。"

戚亮生无可恋地走过去，却发现桌子上摆着的不是玉石和各种刀子，而是一大堆散落的拼图块。

简小执抬头看向他，眼神里横竖写满了绝望。

"多多好早之前送我这个拼图，我不是一直没有拆开嘛，最近收拾东西，找着了，我寻思体验一下那种拼图的乐趣，结果现在发现拼不回去了。"

现在才早上九点多，但因正值夏天，已经闷闷透着热气，简小执房间里风扇呼呼吹着，戚亮穿着黑色 T 恤和军绿色短裤，脚踩一双趿拉板，坐在书桌前专心拼拼图。

简小执则穿着红白条纹背心，站在一边，非常恭敬讨好地给戚亮扇扇子。

尽管这样，戚亮的头还是冒了汗，他一边拼图，一边骂简小执："天底下您是真会给自己找活儿干啊。"

"我这不是想着别人送的礼物，如果只是拿在那儿收着的话，有什么意义？就是得大大方方地摆出来，如果送的是拼图，那就拆开、好好拼一次，如果送的是字画的话，你是不是就应该拿出来挂在墙上？"

戚亮恍然大悟："你在这儿等着我呢？"

简小执哼一声："那不然呢？我给你送的那幅字，我师父都认可了的。练那么久的字，写出了第一幅就立马巴巴送给你，结果我去你房间里溜达那么多回，也没见你把它给挂上。"

这话是真冤枉戚亮了。

就因为是简小执写的第一幅字，所以才那么珍惜，这怕挂出来落上灰。

简小执还在那儿喋喋不休："你是不是嫌丢人？你是不是觉得我写得不好？你那字还不如我呢，居然还嫌弃。"

戚亮"啧"一声。

"行行行，我挂，我挂好吧？我回家立马把你写的那幅字挂我床头，每天睡前对着它磕三个头行吗？"

"那也不行，挂床头你都看不见，你得挂正对着床头的地方，那样每天早上睁眼第一眼看见的就是那幅字，第一眼就想到我。"

"真腻歪……"

戚亮别开头，耳朵诡异地有些红。

"你把风扇调最大挡成吗？这屋怎么那么热？"

实不相瞒，虽然说这么讲会显得自己非常没出息，但是有一说一，随着回学校取成绩的日期越来越近，简小执的心里越来越没有底。

太可怕了。

要是最后成绩很差的话，那她岂不是非常没有面子。每一年不都有很多人发挥失常吗？万一她也是其中一个呢？后来答文综的时候时间太赶了，字写得有些乱，阅卷老师会不会印象不好不给分儿？

比学习更糟心的是看别人学习，比看别人学习更糟心的是自己学习了结果考下来成绩并不好——这跟在头顶举一个"我是一只没飞起来的笨鸟"的牌子有什么区别？

戚亮已经在院门口等着了，等半天也没见简小执出来。

他一边啃包子，一边去找简小执。

"你干吗呢，这么磨叽？"

简小执手扒着门沿，说："取成绩这事也不一定非得本人去吧，你能帮我取吗？要是考得不好的话，你就把成绩单当场撕掉，回来之后告诉我成绩单丢了，这样的话，我就能理直气壮对这不靠谱的世界发牢骚，捎带掩盖我自己实力不足了。"

戚亮慢条斯理地把包子咽下去。

他看向简小执，目光柔和，嘴角扬起一个和善亲切的微笑。

"你想得美。"

"哇，区区四个字，简明扼要地描述了您欠揍且装相的本质，表达出了内心对我的不支持且不屑的真实心情，当然还有对自我意识的无比忠诚和维护，脸上虚伪的表情虽然不多见，却恰到好处完美呈现了您冷漠薄情的人格，以及一天不打、上房揭瓦的高尚品质。"简小执咬着牙把这段话说出来，一边说一边握紧了拳头，脑子里不断回放戚亮欠揍的笑，越想越生气。

戚亮乐了。

他拎起简小执，催她："快点儿。"

他们刚走进姚春霞所在办公室的走廊，就远远看见办公室里边的姚春霞，笑得非常开心。

简小执又开始退缩。

这现在笑得这么开心，要是她一去，问自己考得怎么样，结果成绩稀巴烂，然后姚春霞脸上的笑容是不是就会顿时消失？

戚亮见简小执走着走着突然停下，而且隐约又有往后退的趋势，连忙一巴掌拍在她背上，她"嗷"地痛呼一声。

"你疯啦！"

"我看是你疯了吧，以前不知道你这人这么胆小啊。"

"你懂什么？这叫近乡情怯，近成绩单胆怯。"

戚亮嗤笑一声："再胆怯又能怎么着，你还能不领成绩啊？"

他走在简小执身后，双手搭在她肩上，推着简小执往前走："走吧，早死早超生。"

姚春霞一见他俩来了，脸上笑容没有变，心情很好地问："玩得怎么样啊？"

戚亮说："没怎么玩呢，这成绩一直在这儿悬挂着，玩也不痛快。"

姚春霞笑着说："哟，这可是我教你这两年，你头一回关心成绩。"

她把成绩条递给戚亮和简小执："看看自己的分数吧。"

简小执拿着成绩单小条，手指一点点挪动。

首先是姓名，然后是准考证号，紧接着，语文、数学、英语、文综，总分。

简小执失声尖叫一声，她在办公室原地蹦起来。

"你快帮我看看，这分数是我看错了吗？"

简小执颤抖着手，让戚亮再确认一遍。

"是真的。"都不等戚亮说话，姚春霞先答了，笑得非常欣慰，之前新烫的小卷儿，现在已经没有那么卷了，所以看着非常自然，发尾微微鬈曲。可能经常骂人还有被学生气到的缘故，法令纹特深，第一眼觉得她非常严厉，但是相处久了之后，会知道她其实是一个特别暖心的老师。

简小执对着姚春霞鞠了一个躬，她英语考了127分，要不是姚春霞，她绝对考不了这么高的分数。

姚春霞连忙把她扶正："多的咱也就不说了，怪矫情的，挺好，这成绩上个本科绝对绰绰有余了。哎哟，我看你高考前那魂不守舍的劲儿把我吓坏了，特怕你在最后关头熬不住，幸好幸好。"

简小执脸上挂着笑，有些不好意思。

这成绩——当然跟清华北大是半点边也挨不着——但是，一个三本甚至冲一下二本是可以的。

这个结果，简小执十分满意。

踏实努力学习过，回首过去没有荒废时光。

简小执右手圈住左手手腕，那里有戚亮送的表。

戚亮看出简小执的高兴了。

现在查成绩的同学特多，人来人往的，有的同学可能发挥失常了，走廊里好几个都在哭，如果简小执这时候明目张胆地快乐庆祝，实在有些可恨。

因此简小执从出办公室开始就一路憋着，到了车棚，戚亮弯腰解开车锁。

四下看了看没什么人。

这下应该可以了。

他站直身子，装作不知情的模样，问简小执，好让她顺理成章地嘚瑟："怎么样啊，这成绩？"

"我就这么说吧，从今儿起，我可算是正式脱离学渣阵营了，你就来看看我这成绩，你就品品，我活这么久以来，就没考过这么顺眼的成绩！"

简小执蹦上戚亮的自行车后座，举起双手，把成绩单举到戚亮眼前。

"姥爷知道了会高兴疯！"

戚亮吹一声口哨。

"那就好！"

回了院里，魏国义看了成绩果然笑得合不拢嘴。

晚上，他破天荒地倒了一壶酒，坐在石榴树下边，听《牡丹亭》就酒，乐得脸蛋眼圈一样红。

简小执看着也激动。

趁着现在这么高兴，简小执跟惊喜放送员似的，魏国义以为今天得到简小执这么好的成绩单已经是最大的惊喜了，没想到简小执紧接着又从身后拿出了一副黑光檀的空竹杆。

"玩空竹没副好杆拿着寒碜，好马配好鞍，好杆配好空竹。"

魏国义拿着敲了敲，声儿跟铁的似的，不多见。

"哪儿弄的？"

"这您就甭管了，没偷没抢，反正是正经路子来的，您玩就是。"

魏国义脸上的笑绷不住了。他两边脸颊红彤彤的，像秋天里映着夕阳的红苹果，混着酒气暖融融。

魏国义把这一套空竹杆拿在手里反复把玩，看见上边精细地画着仙鹤和祥云。

"这是你画的吧。"

"嘿嘿！"简小执也不否认，她挠挠头，嘴角挂着一抹笑，"您就说好不好看吧。"

魏国义哈哈大笑："好！好！好！"说完爱惜地摩挲着，"这可真的是个宝贝，你从哪儿得来的料子呀？"

简小执说："我花半个月雕了对玉鼠跟徐大爷换的。"

魏国义又开始笑，他觉得他活这么多年来，今天是他笑得最多的一次。

"长大啦，我家孙女真的长大了。"魏国义说不上是欣慰还是一些淡淡的失落。

他从茶盘上拿起一个倒扣着的小酒杯，往里边倒了一杯酒。

"来，咱喝一杯。"

简小执就也喝了一点酒。

夜朗星稀，石榴树长高长壮了一些，叶子茂密地盖在魏国义和简小执的头上。院子里橙黄色的小灯亮着，很多小飞虫撞着灯泡，发出细微的噼啪响声。

魏国义脚边放着收音机，里边儿照例放着昆曲，今天放的是《牡丹亭》。

不到园林，怎知春色如许。

人生苦短如梦，不努力一把，怎知即便是虚空苦梦也值得度过。

管不了太多，活着就得尽兴啊！

简小执没喝过白酒，那一小杯白酒下去，没一会儿就开始晕乎了，脑袋像是被塞进了鱼缸，一晃就哗哗地流水响，眼睛睁不太开；晕乎乎地躺在躺椅上，看着夜空，总觉得在旋转；头一转，姥爷也好像在坐着船，慢吞吞地往外挪，院里的小灯像是掉进了水里，匀出了千盏一样的小灯，满河的灯，摇摇晃晃地亮着。

逝水啊，漂远了。眼睁睁看着它流走，未免太残忍，既然留不住，反正留不住，那就在此刻尽兴吧。

简小执醉醺醺地到了戚亮家门口，拍门。

戚亮打开门，闻见简小执一身酒味儿。

"简小执——"他话没落地，先被简小执打断。

"我喜欢你。"

安静。

简小执意识到自己说了什么，倒吸一口凉气。

"赶紧忘掉刚才的话！"

戚亮笑了。

怎么会有人笑得那么好看。简小执怔怔地看着戚亮。

像是窃取了旧衣裳香味的青草，分散了燠热夏季的树叶空隙，喷涌的甜蜜，一瞬间绽放的万顷金色凤仙花海。命运和未来沉重如同寂静幽暗的深海，但他一笑，深海变成棉花田地，风过绿白浪，翻腾起回转的薄荷味棉花糖。

戚亮好开心，本来觉得没实感，还以为是自己想告白想疯了最后成魔居然幻想起简小执先开口，可是现在简小执慌乱地让他忘掉——

是真的。

戚亮笑得见牙不见眼，他揉了揉简小执的头，逗她："你再重新说一遍，我就忘掉。"

简小执偏过头，脸红得像刚从火烧云里钻出来。

这个人太烦了！

"戚亮你属狗啊！"

她气势汹汹地吼完这一句，然后不等戚亮有反应，直接拔腿开溜。

到底还是不好意思。

结果太慌张，加上酒后肢体不协调，她直接左脚绊右脚摔了下去。

戚亮走过去，先牵起简小执的左手，搭在自己的肩上，然后拦腰把简小执抱起来。

他说："有你这样的吗，骂完人就跑。"

简小执不说话。

戚亮抱着简小执往她家院里走，脚步沉稳，同时问简小执："都不听听我的回答吗？"

"那你答。"

"我也喜欢你。比你喜欢我更早喜欢你。"

"骗我的吧？"

"真的。"戚亮声音很温柔，带着轻轻的笑，"你自己打开我送你的茉莉香袋看看。"

　　简小执回房间里从抽屉拿出茉莉香袋,打开一看,里面有张字条,是戚亮独一无二的狗爬字:

　　　　我呀,瞧你真是哪儿哪儿都好。

　　简小执把字条握在手心里,捂住脸,倒在床上,咯咯开始笑。

　　棉花糖轻飘飘落下,罩住她了。

第 九 章

去哄哄他

MoliHutong

确定心意之后，两人都无比激动。

简小执在床上咯咯笑了好一会儿，心里的甜就像在空中泼洒开的可乐。

这动静把魏国义给引来了。

魏国义担心得不行，敲简小执的门："怎么了，你是不是喝多了打嗝呀？喘不上来气吗？别喝完直接躺下，起来走走。"

简小执连忙坐起来："不是！我健康着呢。"

她走到门边，把门打开，对着魏国义说："说出来您可能觉得太仓促，但其实情感酝酿得也有那么久了，我就跟您明说吧——"

"戚亮跟你告白了？"

"啊？"

"终于呀，"魏国义后怕似的拍拍自己的胸脯，"太好了，戚亮一天不跟你表白，你俩一天没在一起，我就多一天担心你和裴树生搞到一块去。"

简小执挺不好意思地承认："虽然说结果是我俩在一起了，但不是他跟我告白的，是我跟他说的。"

魏国义沉默了三秒。

"不是啊……你这太主动了，你就……主动了，不太好……男孩都喜欢害羞的女孩。"魏国义吞吞吐吐地说。

简小执乐得不行，她手扶着魏国义的肩膀："得了，您看我像是害羞那一类的吗？我要有话没说出来，最先憋死的一定是我自己，您啊，赶紧回屋睡觉去吧。"

魏国义贪凉，电风扇老是对着他的头吹，简小执把电风扇换了个方向，然后摁下电风扇脑袋上的按钮，让它转着吹。

"我现在要是电风扇对着我头吹，第二天早上起来都还头疼呢，您老怎么一点都不管呢？"

魏国义嫌她啰唆，不耐烦地挥挥手。

"哎呀，我的身体我自己知道，你赶紧走吧。"

"得，还嫌弃上我了。"简小执摇摇头。

走出魏国义的房间，她往自己屋里走，途中看见围墙上有一个圆圆的脑袋。

"要不是我知道能在那位置的只能是你，这大半夜的，你能把我吓晕厥过去，你知道吗？"简小执走过去没好气地说。

戚亮嘿嘿一乐。

"我这不是睡不着吗？看看你睡没有。你酒醒了吗？"

"不知道，反正是不晕了吧。"

"那挺好。"

简小执舔舔嘴唇。

"你找点儿话题啊。"她说。

"我不是问你酒醒了吗？"

"哦，那酒是醒了。"

"嗯。那就好。"

两人很快又没话了。

躲在屋里偷听的魏芊芊摇摇头。

唉，任重道远啊。

"呃，那既然这样，晚安？"戚亮不知所措地挠挠头。

"你不就是因为睡不着才爬墙头上看我的吗？现在你回去就能睡了？"简小执问。

戚亮无言以对。

简小执觉得好笑，之前可真不知道戚亮这么纯情。

"那，这样吧，你到我房间来，咱们做一件特别的事来纪念这个特别的夜晚。"

魏国义噌地从床上坐起来。

简小执先主动告白这事都足够他郁闷了，现在简小执还想怎么着！

不行！他反对！

"什……什么特别的事？"戚亮控制不住地眼皮狂跳，心跳也加速了，就像是装玻璃珠的袋子划破一个口子，所有玻璃珠都滚落

234

出来。

"咱们来做小学课本里那种手工电话吧！"

戚亮一愣。

正在穿鞋的魏国义动作一顿，又默默地脱掉鞋子，重新躺回床上，闭上眼睛，继续假寐（顺带偷听墙脚）。

"你什么反应？"简小执奇怪地盯着戚亮，问，"你怎么沉默了？"

戚亮摇摇头。

"没什么。"

他单手一撑，从墙上跳下来，问："怎么突然想起做这个东西？"

"不是突然，我一直想做，但是老觉得就算做得特好，另外一边也没有人接我的电话。现在嘛，我不是找着你来接电话了吗，所以……"

"啊。"戚亮恍然大悟。

"这次行动代号我都想好了，就叫特别的爱给特别的你。"

戚亮笑着呼噜一把简小执的短发："不抖后面这机灵，我也会陪你的。"

"这不是前面太矫情嘛。"

简小执去客厅电视柜里头翻出两个纸杯。

"这个线有讲究吗？"她问戚亮。

"只要是线应该都行吧。"

"除了针线，也没别的了。"简小执拿出放在茶几底下的针线盒，"你找找我床头抽屉里的回形针，上次去张木棍家补课，夹卷子剩了几个。"

戚亮应了一声。

工具准备就绪，接下来就该正式开始制作了。

首先把线穿过针头，针头带着线，刺穿纸杯底部，然后在底端穿上回形针，卡在纸杯内，另一个纸杯也是同样的制作方法，没一会儿，这个简易的手工电话就好了。

简小执将嘴凑近纸杯。

"我开始说了啊，你能听见吗？"

"咱俩离这么近，我要是听不见我得是聋了吧？"

"哦，也对。如果咱俩就这距离的话，用什么纸杯电话，直接说不好了吗？"

戚亮挺意外地看向简小执："我以为你知道这事，故意跟我玩浪漫呢，原来你压根没察觉到啊。"

简小执茫然地摇摇头。

"没有啊。我就是觉得用这种方法对话的话，就直接是嘴对着耳朵，连空气的干扰都没有，就像那种……我该怎么说呢，就好比——时间肯定是要流逝的嘛，我们就是在流动的时间里活动着。但是我把话固定在纸杯里，然后透过棉线，把那些话直接送到你的耳朵里，我们俩的话就只装在两个纸杯和彼此的耳朵里。"

这段话太绕，戚亮好半天才理顺。

"我收回刚才的话。"戚亮笑着说，"你还真挺浪漫的。"

"既然这样的话，我回我院，然后你在这边，这样距离就够了。"

"行。"

于是，戚亮又利索地翻过围墙，回到他自己家院子。

简小执问戚亮准备好了吗，戚亮说时刻准备着。

"那行，那我开始了。"

简小执将连接俩纸杯的线拉直，然后嘴对着纸杯说了一句话。

声音内容随着棉线传到戚亮的耳朵里，有嗡嗡的回响，听着好像简小执感冒有鼻音似的。

简小执说："我瞧你也哪儿哪儿都好。"

戚亮笑了。

他把纸杯比在自己嘴前边，对着纸杯说："我也特喜欢你。"

"啊？"

"我说，我也特喜欢你！"

"啊？"简小执声音听着有些急，"你是不是声儿太小了，你得比着纸杯说！"

"我说，我也特喜欢你！"

"啥？"

魏国义和魏芊芊受不了了，同时走出房间门，手叉着腰，站在各自孩子身后，异口同声：

"我都听见了，你俩有完没完？"

"哈哈哈——"

"哈哈哈——"

戚亮和简小执笑出来。

月亮只露出来半张脸，看起来像弯起来的嘴角，星星都睡了，清风吹过树干、树叶和屋檐，石榴树和茉莉花在院里温柔地眨着眼。

张林昆遇见戚亮的时候，用句老话叫"脚下一双趿拉板儿，茉莉花茶来一碗儿"，这人一点青春正茂的少年模样都没有，端着茉莉花茶，穿着背心大短裤，抻着脖子跟简小执说话。简小执也挺厉害，骑在老槐树上，神气得不行。

"你这是彻底回到原始状态了啊，人类这层皮你都舍了，终于决定改当猴儿了是吗？"

"呸。亏你还状元呢，说话真不动听。"简小执翻个白眼。

"那你这是？"

"李婶的猫上树了，怎么也不下去。我寻思着爬上来把它抓下去。"

"结果呢？"张林昆四下看了看，"没猫啊。"

"我一上树它就下去了。"

"那你愣着干什么啊，你也下来啊。"

简小执不说话了。

戚亮慢悠悠地喝了一口茶，慢悠悠地同张林昆说："她现在恐高，下不来了。"

张林昆觉得不可思议。

"这人翻墙的时候怎么不记得自己恐高？"说完，他又盯着戚亮，"你不是都特喜欢她了吗，现在正是表达你喜欢的时候啊！"

戚亮一口茶呛嗓子眼里。

"你怎么知道！"

"你以为昨晚上你表白的声儿很小吗？"张林昆都要被这两人烦死，"不知道的以为你俩演偶像剧呢。"

简小执自己卡在树上，动弹不得，结果底下那两人还开心地聊起来了。

她崩溃地大喊："你俩先把我弄下去成吗？"

"不是，这跟翻墙的原理一样啊，你怎么上去的，你就怎么下来呗。"张林昆说。

"不一样好吗！翻墙我是从小到大都在翻，但这树我也没爬过呀！"

戚亮叹一口气，让张林昆把茉莉花茶帮自己端好，然后张开双手，对着简小执说："那你就往下摔就好了，我接着你。"

简小执更崩溃了："不行，你这是未来奥运冠军的手，我摔下来再给你砸断了。"

张林昆推了推眼镜："文科生可真要命。这树的高度和加速度算起来，你的重量在戚亮的臂力承受范围之内。"

戚亮、简小执同时沉默。

简小执沉默地跳下来，戚亮沉默地接住她。

谁能料到高考结束之后还要承受知识的打击呢？

简小执忍不住叨叨张林昆："你来干吗呀？就是来讽刺我们的吗？"

"没那闲工夫，我爸单位组织爬香山，但他和我妈订了票要跟着一起去沙漠玩，名额空下来了，正愁上哪儿找两个人补上，结果昨天晚上你俩那惊天动地的一吼，给我爸妈来灵感了。"

"不去。大夏天谁爬山。"简小执率先说。

"你不是喜欢校花吗？你约上她一起去呀。"戚亮给张林昆出主意。

"校花皮肤那么白，一看夏天就不怎么出门。"

简小执怎么寻思这话怎么觉得不动听。

"那我是黑成什么样，让你觉得我夏天一定会出去，而且还是出去爬山。"

"这种众所周知的事情，就别拿出来问了。"张林昆说完这话就跑，跑半天回头一看，简小执压根儿没追他。

"没意思。"张林昆大吼一声，"话我带到了啊，不去拉倒，不去我自己去！"

戚亮问简小执："我以为这种事你肯定蹿前头呢，结果居然拒绝了。"

"今年夏天不一样，今年夏天想好好陪姥爷。"简小执说。

戚亮觉得简小执的表情非常复杂。

"怎么了？"

"没怎么。"简小执笑了笑，"茉莉花都开过了吧？刚好，去把它剪下来，我去兑生根粉和水，到时候泡里头。"

简小执在转移话题，而且转移得一点也不巧妙。

但是，戚亮没多问。

他点点头，按照简小执说的去做了。

看着戚亮的背影，简小执垂下眼皮。

不是她不说，实在是不知道怎么说——姥爷的生命已经进入倒计时了。

"安什么空调！钱没处花了是不是？"魏国义吹胡子瞪眼，拦着门，不让安空调的工人进。

"我自己挣的钱，我想怎么花就怎么花。"简小执不甘示弱，"今儿这空调我安定了！"

"才挣了多少钱，口气倒是不小。不行！你这纯属浪费，咱家有风扇，要什么空调！"

"不管，就是要空调！我钱都付了，也退不了。"

魏国义瞪着简小执的眼睛快喷出火，眼神掰开揉碎了摊开来就写了仨字：

败家子！

简小执才不管那么多，把魏国义扶到一边，同时示意空调工人往里走。

戚亮训练完回茉莉胡同，简小执家声儿听起来特热闹，他走近一看，嚯，十来个大爷大妈堆院子里的。

"怎么了这是？"

"安空调呢，都来看稀奇。"

戚亮长得高，站在人群最外围也显眼，简小执一眼看到他，招手让他进屋。

魏国义刚才铁了心不让安空调，现在街坊邻居一凑拢看稀奇，又一听说是简小执挣的钱安的，都夸简小执有出息。

魏国义哼哼两声，不说话了，但眼见着眼角眉梢都写着自豪。

"还行吧，那丫头不知道省钱，有多少花多少。"

"现在年轻人都这样。可以啦，这刚高考完，还没上大学呢，就开始挣钱了。"

"那您说晚了，她在这之前就在挣钱了，您看见我那蝈蝈葫芦没有，还有我那空竹杆，都是她挣钱给我买的。"

简小执在屋里听得可清楚，偷着乐了半天。

戚亮也乐。

"真难得，姥爷居然也有虚荣心。"

"说这话你是没看见魏婶平时说你又拿了几个几个奖牌的样子吧。"

"真的假的？"

"骗你干什么。"

"家长的虚荣心啊，啧啧啧。"戚亮摇摇头。

简小执也跟着摇摇头。

两人对视一眼，一起笑出来。

笑完之后发现，两人这也算是独处一室了。

尤其是简小执这屋的空调刚装完，为了测试效果，门窗都关着的，静下来之后听见的只有空调的轰鸣声。

"挺、挺凉快的。"戚亮结结巴巴地说。

"嗯。"简小执也不太自在。

她移开目光，四下看了看，没话找话："那、那坐吧。"

这屋的椅子搬院里给邻居们坐了，桌上全是雕刻的机器和玉石，放眼望去，能坐的只有床。

"不、不太好吧？"戚亮挺羞涩。

简小执思考了一下。

"你觉没觉得，咱俩这把心思挑明之后，还不如之前了。就是，你看以前哪想过好不好，直接就蹦床上去了。"

"我可没有。"戚亮为自己辩明。

"行，是我直接蹦你床上的。但是，那时候没觉得不自在啊！"

简小执倒在床上，"现在做什么都别扭，这也太……太不对了，还不如之前！"

戚亮一思索。

"也是。"

"来吧！"简小执拍拍自己身边的位置。

戚亮清清嗓子，一本正经地同手同脚走过去，躺下。

简小执翻个身，手臂把自己上半身支起来，低头看戚亮："我问你个事。"

戚亮别开头。

"你转头做什么？"简小执莫名其妙地把戚亮头掰回来，"我跟你说正经的呢。"

戚亮抿起嘴唇，脸和耳朵以肉眼可见的速度红起来。

简小执眨眨眼。

"你热吗？那我把温度调低一点。"说完，她翻身拿床头柜上的遥控器。

因为这个翻身的动作，她身上的T恤就往上翻了一点，露出单薄白皙的腰，视线再往下，宽松及膝的短裤压在床上也上翻了一些，半条大腿从裤腿里伸出来，接着是线条流畅的小腿，细细凸出来的脚踝，粉红的脚后跟，纤细的脚掌，圆润的脚趾……

戚亮心里骂了句脏话，由平躺改为侧卧，与此同时，扯过一旁的夏毯，盖住自己。

简小执回头见戚亮盖着毯子："不是吧？空调效果再好，降温也没这么快啊。你脸还红着呢，你到底是热还是不热啊？"

"你到底是缺心眼儿还是智力发展不健全啊？"戚亮没憋住，

问简小执。

实话讲，简小执愣了半秒。

最近戚亮确实是温柔有礼貌散发人性光辉太久了，以至于她都忘了他的本性。

"嘶——我说怎么那么怪呢！找着原因了！"简小执甩了甩手，握成拳，朝戚亮扑过去，"我看你就是欠打！"

戚亮连忙躲开，把身上的毛毯往前一挥，蒙住简小执，再伸手一捞，形势瞬间变成简小执被戚亮压在床上动弹不得。

戚亮小手臂锢住简小执的背。

"你是不是对我太没戒心了一点？好歹热血沸腾的青春期少年，你就这么没心没肺地邀请我进屋还躺床上了？"说完，他身子往下压了压。

简小执立马反应过来了，脸也立马烫起来。

"你！流氓！"

戚亮松开手劲儿，坐起来，手撑在身后，一脸生无可恋："是谁造成的啊？"

他长叹一口气。

简小执本来就被戚亮蒙在毯子里，现在戚亮松开她，她也不从毯子里出来，还伸手把自己盖得更严实了一些，尽职尽责地扮演小土堆。

时间静静地流逝。

"小土堆"往戚亮身边移了移。

戚亮没好气地瞟她一眼。

"方向错了，要躲我的话，你得往反方向挪。"

"小土堆"不说话，只默默地继续朝戚亮那儿挪。

隔了一会儿，一只手从毯子里伸出来。

"要我帮你吗？"

从屋里出来天都蒙上黄昏劲儿了，魏国义站树底下逗鸟儿，看见戚亮，有些惊讶。

"戚亮也在啊？我以为中午那会儿你回去了呢。"

戚亮的脸有些诡异的红。

"哈哈，是啊。"戚亮特不自在地扯了扯 T 恤衣角，他清清嗓子，"那，姥爷，我先回去了。"

"好嘞！哦，对了，晚上我打算弄鱼吃，回去叫你妈别做饭了，一起吃。"

"好！"戚亮应了一声。

都晚上了，简小执才想起来，中午那会儿要跟戚亮说的事还没讲呢！

姥爷的事耽误不得了！

虽然希望渺茫，但简小执还是决定试一试。

她记得，姥爷走的时候，躺在藤椅上，脚边放着收音机，吹着风扇。

她现在已经把风扇卖到二手市场，家里只吹空调了。

现在要做的就是搞坏收音机——这就是她要和戚亮说的事，结果全去搞少儿不宜了。

简小执追悔莫及。

第二天一大早，简小执就等在院门口。

戚亮照例出门跑圈，看见简小执，他第一反应是抬头看了看天。

"别看了，太阳没打西边出来。"简小执脚上穿着运动鞋，这是要和戚亮一块儿跑。

"怎么突然想跑步了？"

"陪你嘛。"简小执笑得很甜美，"好朋友同甘共苦，现在我俩关系又上了新台阶，更要相互陪伴。"

戚亮一下子刹住跑步的腿。

"我现在退出来得及吗？"他绝望地问。

"当然来不及。"简小执拍拍戚亮的头，表情很爱怜，"这孩子，大清早说什么傻话呢。"

得知这次行动的目的是弄坏魏国义收音机后，戚亮头摇得宛如失控的拨浪鼓。

"不行不行不行。姥爷多喜欢听收音机啊，我才不干。"

"电视也可以听！没必要非得弄个收音机是不是？它都可以淘汰了，我跟你说，以后的世界里没谁听那玩意儿，大家都看电视。"

"姥爷喜欢在院里躺着，你能把电视弄院里去啊？"

"我能，我还能搞个露天电影院呢，到时候把你想看的女明星搬上荧幕都成。"

"啧。"戚亮受不了地骂了句脏话。

"你那些杂志可全藏我这儿了，你答不答应？不答应我就把你放我床底下的杂志全给魏婶交去！"

戚亮气得不行，心想简小执这人太卑鄙，思想觉悟太不够，道德简直有瑕疵。

戚亮说："好！我马上就去办！听您的！"

魏国义吃完饭去胡同口下了棋，回来照例拧开收音机，慢悠悠地躺下，喝了口茉莉花茶，等半天也没声儿。

"嗯？"

魏国义坐起来，拿起收音机。

电源灯亮着的啊。

魏国义拧起眉，晃了晃收音机，还是没声儿，把天线扯了扯，又往回掰了掰，都没用——啊，音量怎么给关完了？

魏国义拧音量调节旋钮，顿时，刺耳的尖啸蹿出来。

简小执在房间里都听见了："姥爷，您那啥收音机啊，干脆丢了得了！"

"瞎说，我这收音机质量可好了。"

魏国义坐直身子，看来是得拆开看原因了。

"简小执，你去拿螺丝刀给我！"

"在哪儿啊？"

"电视柜第二层左边第三个盒子，打开靠右的位置！"

简小执应了一声。

戚亮那会儿拆开收音机，可是把里边海绵给拨出来了的。他说海绵是为了防止它产生机振啸叫，海绵一定不能随便动，动了之后很难再恢复回去。

"那就动。"简小执立马说。

"确定吗？这线路板做工真的挺不错，有点舍不得呢。"戚亮挺郁闷，"好端端的，你来祸祸姥爷收音机干什么。"

"问这么多干吗，我做事肯定有原因啊。你信不信我？"

"信信信。"

为了不让魏国义一拆开收音机就发现海绵的问题，戚亮还先把调台旋钮带着的那条细线给弯了一下，然后往音量旋钮的电位器后面的三个引脚里头加了点灰，以防万一，又磨了一下管调频频率的线圈，然后蘸了点水抹上头。

"好了，这下这收音机是坏得透透的了。"

"确定吗？姥爷在维修家电这方面还挺厉害的。"

"你就信我吧。"戚亮合上收音机后盖，用螺丝刀拧紧，固定好，"神仙来了也修不好。"

所以现在魏国义让她把螺丝刀找过来，她一点儿也不担心，信心满满地把螺丝刀递给魏国义。

结果还真如戚亮所料。

魏国义折腾老半天，这儿搞好了发现那边又有问题，那边搞好了，发现另外一边还有问题，最后终于没了耐心，把螺丝刀一丢，一个人生闷气。

简小执凑过去，有些心疼。

"姥爷，没事，走，咱们看电视去。"

"简小执，你跟我说句实话，收音机坏掉，跟你有没有关系？"魏国义不死心地问。

"跟我能有什么关系，我就是想搞坏收音机，唯一会的办法也就是砸呀。今儿我看您这收音机也不像是被砸坏的呀。"简小执说得挺有道理。

魏国义郁闷地叹了一口气。

"奇了怪了，昨儿个还好好的呢，怎么今天就坏了……"

奇怪的不止这一件，第二天，魏国义发现自己那藤椅也不见了。

要说茉莉胡同里边儿进贼，这肯定是不可能的，都是街坊邻居，相互认识，哪儿来的贼，又哪有贼敢进来。

这次简小执坦荡承认了，那会儿她踩着藤椅抓猫，不小心把藤椅踩坏了。

魏国义问："你前两天不是刚抓完猫吗？怎么又在抓？"

"前两天猫上树，今天猫在墙上。"

"又是李婶家的那只猫？"

"嗯哪。"简小执拿勺子舀着西瓜吃，"就是这么巧，您说人生奇妙不奇妙。"

事已至此，魏国义也不好再多说别的，毕竟简小执也不是自身皮把藤椅搞坏的，她是乐于助人——这还怎么批评教育。

"坏得严重吗？"

"哎哟，可别提了，我这体重您又不是不知道，踩完直接中间出了个窟窿，刚巧门口路过收废品的，我一并让他给拉走了。"

真是个败家子！指不定还能修呢，就这么给丢掉！

魏国义气鼓鼓地溜达回自己屋里，不说话了。

简小执大清早拍醒戚亮，说姥爷生气不理她了。

戚亮不禁说："你活该，从收音机开始就应该预料到这个结果。"

简小执有苦说不出，只好掀开戚亮的被子："姥爷一向最喜欢你，你快帮我去哄哄他。"

戚亮才不掺和这苦差事。

"你惹生气了，你自己去哄。"

"嘿，你别怪我跟姥爷说收音机是你弄坏的啊。"

戚亮立马睁开眼，不可思议地瞪简小执——这世界上怎么有脸皮这么厚的人！

"有没有搞错，是你让我帮忙弄的。"

"那我不管，反正最终执行者是你。"

戚亮以前没发现简小执这么无理取闹，大早上憋了一肚子脏话，表情超级不友善地坐起来。

简小执见硬的不行，那就来软的。

她立马赔笑，狗腿子地凑过去，殷勤地捏戚亮的肩膀，一边捏肩膀一边说："帮帮我吧，以后我会跟你说原因的。"

"啧。"

虽然不情不愿，但戚亮还是答应了。

他在水池子边洗脸，一边指挥简小执去西边屋背后拿出钓鱼竿和水桶。

"你打算跟姥爷去钓鱼呀？带上我行吗？"

"行啊。"戚亮洗完脸开始刷牙，嘴里塞着牙刷走到简小执身边，"拿黑色的鱼竿，红色的那鱼竿太重，今儿用不着。"

"钓鱼一般得钓多久？我怕我待不住。"

"那就有得待了，你看看后海岸边那些小老头，一整天都不带换人的。"

"啊？"简小执崩溃地喊了一声，"您能换个娱乐方式吗？"

"既然是要哄姥爷，肯定要进行姥爷喜欢的活动啊。那要不就

250

陪着姥爷去遛鸟，但你不是不喜欢吗？"

自从上次比赛，鹦哥在简小执的优质调教之下，取得了倒数第一的好成绩之后，姥爷气得连着两周没有给鹦哥吃零食。家养训练过的鹦哥特机灵，通人性，现在一见简小执就叫"白痴"。

"你能对着一个天天喊你'白痴'的鸟儿喜欢吗？"

简小执翻个白眼。

后海安宁祥和，每回简小执沿着后海走一圈，就老觉得人生好像也到了尽头了。

今天魏国义、戚亮和简小执加入了钓鱼的阵营，挨个儿排开，鱼饵丢进水里，杨柳树的细枝条划过三个人的肩头，微风吹拂。

简小执安生待了没有十分钟就不行了。

"我看前面有卖老酸奶的，我去买点回来，你们俩要吗？"

魏国义说那玩意儿酸牙，戚亮说那东西喝着老觉得没劲，建议换瓶冰镇可乐。

"要求还挺多。"

吐槽归吐槽，简小执还是乖乖地蹦跶着去饮料铺了。

这里只剩下戚亮和魏国义。

微风还在吹拂。

魏国义浅笑了一下："收音机是你小子弄坏的吧？"

戚亮立马抖了一下。

"这个，嗯，怎么说呢……"

魏国义不在乎地摆摆手："没事，肯定是简小执让你做的，我用脚指头都能想出来。"

说完，他摇摇头。

"不知道我最近又哪个地方得罪她了，天天换着法儿给我添乱……不过这么添乱的日子也不多了。"

他叹了一口气。

戚亮没来由地觉得心慌。

魏国义拍了拍戚亮的肩膀。

"从你刚搬进茉莉胡同开始，我看你就是个好孩子。我老跟简小执说，我这一辈子，别的不太行，看人还算准。这世界上，说一套做一套的人海了去了，但我打心眼儿里觉得你是能对自己说出的话负责的人。

"我的身体我自己最清楚，这半年明显是不如之前了。人越老越觉得没活够——我之前也有这种感觉，老是在想，我要是走了，简小执该怎么办。说句不好听的，她是看起来比谁都机灵，小聪明一套一套的，其实特天真，特别容易相信别人说的话。把她放社会上，没一年就能扒一层皮下来。估计是这么一直惦念着，惦念着，反而没觉得身体有什么毛病。这半年来呢，看她懂事了好多，又有你陪着，突然一下子放心了。然后才猛地发现自己真的老了，老到看见前边终点都不怕不慌了。"

戚亮眼睛红了。

他手紧紧抓着后海栏杆，手背上两条青筋暴出来。

"要是那一天真的到了，你一定要注意，得陪着她。就算她笑嘻嘻地跟你说不用、没事，你也得陪着她。我怕的不是她难过得哭和打滚，我怕的是她跟个没事人似的笑。爱逞强、犟、不懂怎么表达，看起来像是没心没肺的二傻子，其实，怕黑怕鬼怕恐怖片怕热怕蚊子，怕她说话之后冷场，怕出糗，怕别人不待见她。"

细细的鱼线在阳光底下好像断断续续的，像屋檐底下阳光照射之后的蛛丝。

有个日本作家写抓着蛛丝可以到达天堂至福之地。

戚亮鼻子酸得不能呼吸，张开嘴，又觉得喉咙像是卡了一只柠檬。

"姥爷，您别这么说，搞得跟——"

"你就当作是吧。离别这种东西要越早准备越好，因为真到了那一刻，可能只顾着哭，其余什么都来不及了。"

魏国义把手抚上戚亮的手背，轻轻拍了拍。

"我就把她交给你啦。"魏国义嘴角一抹淡淡的笑。

他看着远方，后海的水好像无穷无尽，平静极了，可以想象太平洋的海啸，但是不能想象后海有一天会翻出惊涛骇浪来，他希望简小执的人生也如同这平静安稳的后海。

风吹得湖面波光粼粼，身后不断有三轮车响着铃铛驶过，一片柳树叶子落到魏国义头上。

"姥爷，您头发都长了。"

买了酸奶和可乐的简小执回来，顺手拈走魏国义头上的柳叶。

戚亮看了看她。

简小执笑了笑，眼角却泛着红。

"下午去剪。"魏国义应了一声。

"那我陪您。"

"好。"

"我还没填志愿呢，您得帮我一起看。"

"好。"

"我要挣很多钱，给您买大彩电，未来的世界特别好，特别热闹，我也还没嫁人呢，以后还会生小宝宝，您想要重孙子还是想要重孙女？"

　　"哈哈哈，我啊，都喜欢，只要不跟你一样气人就行。"

第 十 章

茉莉花香
MoliHutong

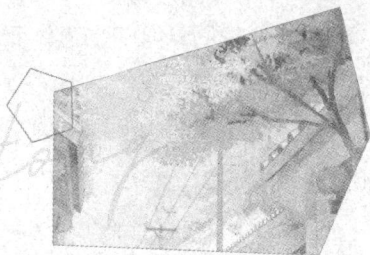

其实早就知道这个结果。

但就是不死心，就是希望能够从现有的事实推出别的结果。

可没有别的结果。

姥爷就是会死。

时间一到，简小执趴在姥爷的膝头，很清晰地感受到身下的躯体逐渐僵硬，逐渐变冷。

吹过姥爷刚剪的短发的风也吹过她的头发，吹过姥爷刚停歇的鼻息的风也吹过她的呼吸，死后如果灵魂顺着蛛丝上升到天堂至福之地，那么劳请这风，助姥爷一程，让他不那么累，让他快快到达。

8 月 31 日。

这应该算是盛夏的末尾吗?

就算简小执费尽心思,卖掉了风扇,拆坏了收音机,折腾走了藤椅——姥爷还是走了。

那一天,天蓝得跟宝石一样,云也很多,但只占据了半边的蓝天,拥挤着,簇拥着,像鱼鳞一样。

直到晚上八点,那半边的云都没有散去。

月亮孤零零地悬在空中。

简小执坐在院子里的石榴树下,无数的回忆在她脑中呼啸闪过。

她考试复习的时候,姥爷给她炒蛋炒饭热牛奶。

冬天的时候,姥爷会半夜起来检查她屋里的暖气还热不热,会给她灌热水袋。

姥爷会穿起一串一串的冻柿子,又在她连续吃好几个或者空腹吃的时候瞪她。

炉子里蜂窝煤的味道很呛人,所以姥爷总是提早烧好,当她进了屋之后,就闻不见那刺鼻味道。

早上姥爷遛鹩哥之前,会先把早点给她买好。

开家长会的时候,姚春霞说她最近学习很刻苦,成绩有上升的时候,姥爷会露出特好看特欣慰的笑。

她闯祸被叫家长,姥爷走在前面,手背在身后,每一步都走得让她特别揪心,特别自责。

姥爷领着她,去见张骥合老爷子,说有家长带着才算正式拜师。

姥爷手里握着钓鱼竿,对戚亮说,以后就把她交给你了。

……

256

简小执没觉得撕心裂肺，她就是觉得胸口好像空了一个洞，冰冷的感觉从胸口那个洞开始，传遍全身。

手臂传来温热的触感。

简小执回头，戚亮端着一杯热的蜂蜜水。

"怎么想着给我这个？"

戚亮挨着简小执坐下："姥爷跟我说，你难过的时候，就给你冲一杯蜂蜜水。"

简小执笑了笑，接过杯子，慢吞吞地小口小口地喝。

"这个杯子，得一勺半的蜂蜜，如果是餐桌上那个大的玻璃杯的话，就得要三勺蜂蜜。"戚亮像是在拉家常，"水不能太烫，得先晾小半杯，等水晾凉了，加蜂蜜进去，然后再倒开水。"

简小执眼睛湿了。

"还有呢？"

"还有换季的时候，要提醒你整理衣柜，不要所有衣服都堆在同一层，那样容易翻乱。衣服干了之后就要立马收进屋子里，不然洗干净的衣服沾上灰跟白洗差不多。还有就是洗脸架上不能放脸盆，脸盆和脚盆要叠着放在洗脸架下边的空格里。垃圾桶该换袋子的时候就要换，不要硬把垃圾往袋里塞，最后垃圾袋破了，反而不好收拾。"

简小执笑了，泪意却更加汹涌。

"你还记得咱俩刚见面的时候，你问我家医药箱为什么摆得那么整齐，我是怎么回答的吗？"

"记得。你说，因为姥爷是军人，家里什么东西都很整齐，床

257

上不能躺人，脸盆架上不能有脸盆，垃圾桶里不能有垃圾，毛巾架上不能有毛巾，晾衣杆上不能有衣服。你说你好好的日子，天天跟他过得跟军训似的。"

"对对对！"简小执乐得不行，"后来拆收音机，他要找螺丝刀，我故意问他放在哪儿，他连螺丝刀在盒子的哪个位置都能记着呢。我平时要是东西没有放回原位，他能逮着我骂半小时——以后就没人骂我了。"

戚亮伸手揽过简小执。

简小执早就酝酿在眼眶的泪滴甩到地上，好像砸下一个坑。

魏国义去世的消息很快所有人都知道了。

整个胡同的人都来吊唁。

白布从茉莉胡同口一直蔓延到简小执家。

简小执的爸爸简晁辉久违地现了身，魏国义生前和他有无数冲突，现在对着棺材，简晁辉却也哭得情深义重。

戚亮全程陪着简小执，跪在棺材前，对着每一位来往人磕头。

张骥合老爷子年纪大了，简小执不让他留下来跟着一起熬，起身送他回家。

"小执乖，以后姥爷没了，还有师父护你。"临别前，张骥合老爷子摸摸简小执的头，说道。

简小执失控了很久的泪腺再次汹涌，热泪哗哗又淌出来。

亲人去世为什么那么难过，除了共同的回忆，还有就是每死去一位亲人，就意味着这世上护着自己的人便少了一个。

她怔怔地往回走，还没到院里，先碰见出来接自己的戚亮。

戚亮："要安慰你吗？"

简小执："不用。"

今天没有月亮，天上也没有云。都是夜晚，今晚的夜好像格外黑一些。

简小执："还是安慰一下我吧。我还是高估自己的承受力了。"

戚亮张开手臂，简小执顺势倒进他怀里。

戚亮抱住简小执，拍了拍她的背。

"哭吧。"

简小执闭上眼睛，眼泪又一次跟不要钱似的掉落。

她第一次知道自己有这么多的眼泪。

她曾经对姥爷有那么多的抱怨和不满。

可是现在，她好想他。

"戚亮，好奇怪。我居然这么想那个犟老头。"

第二天清晨起来，发现原来不止她一个人想那个犟老头。

他养的鹩哥都无精打采的，往常这鹩哥一见简小执就叫"白痴"，可是现在它没什么精神地耷拉着脑袋缩在笼子里头，行动缓慢，喂水喂粮食都没有反应。

戚亮都以为这鹩哥已经死了，他伸手摸了摸鹩哥的头。鹩哥蹦了一下，把戚亮吓得当场跳起来。

简小执什么方法都用尽，就差穿个绿裙子在鹩哥面前晃悠，吸引它注意力了。

但是，这只鹩哥还是不为所动，就每天呆呆地窝在笼子里头。

这么下去，简小执真怕鹩哥会跟着一起走。

徐爷爷受简小执邀请，过来看了看，说："主要这是雏鸟，从出生起就是魏老爷子给带着，感情当然深。往日里魏老爷子打开笼子，这鸟都不乱飞，就乖乖站在他手臂上，你就想想这感情。"

"那它这是——"

"想念，抑郁了。"

是姥爷让她明白：人生就是这样，有时候你得往后退几步，然后你才会知道你还得再多退几步。

以前这话是她拿来讽刺姥爷的犟脾气的。

现在才知道这话居然是真理。

人走了还不够，鸟居然也抑郁了。

晚上又下起雨来。

盛夏的雨夜，珍贵而浓烈。

简小执听了好长时间雨水在地上翻腾的声音，迷迷糊糊地，好像就跟着这雨声进入了梦乡。

醒来只听到好一阵密密麻麻的窸窸窣窣声，像是蜘蛛在窗玻璃上爬行，仔细想了想，应该是天下着毛毛细雨。

她翻身，坐起来，下床，穿鞋，走到窗边拉开窗帘。玻璃上果然雾蒙蒙水淋淋的一片，玻璃上挂着雨，雨滴轻轻打在玻璃上，然后又像脆弱晶莹的泪珠一样，成串成行地往下落。

姥爷，这一辈子，你活得挺值了。

老天爷也为你落泪呢。

现在好像也没有什么睡意了。

简小执披上一件格子衬衫，去到鸟笼前边，拿食指逗郁郁寡欢的鸟儿。

"你也想他啊?

"没事的,我是他在这世界上唯一血脉相连的亲人,我也会好好照顾你的。"

在这个盛夏的雨夜,简小执对这只难过的鹩哥许诺:"得好好活着,活给姥爷看。"

眼见着三天都要过去了,简小执还是没有踏出过院子门,戚亮为了安慰简小执,跟着张林昆学了一首《再度重相逢》——因为简小执说她喜欢这首歌。

张林昆挺不乐意的:"这我拿来弹给班花听的。"

"班花呢?"

"有主了……"

"那你弹个啥,赶紧教给我。"

简小执听见戚亮在外边叫她,她走出去,看见戚亮跨坐在院子围墙上。

他穿着米白色 T 恤、宽松牛仔裤,左脚随着节拍打拍子。

> 你在我的世界升起了彩虹
>
> 所有花都为你开
>
> 所有景物也为你安排
>
> 我们肯定前世就已经深爱过
>
> 讲好了这一辈子
>
> 再度重相逢

一曲弹唱完，戚亮有些不太好意思地挠了挠头，翻身从围墙上下来，落到简小执面前。

他试探地摸了摸她的头。

"是这样吗？"

"嗯。"

简小执笑了。

她用头顶蹭了蹭戚亮的手掌心，伸手抱过戚亮的腰，把头埋进他怀里，深深地吸了一口气。

是的。

姥爷走了。

这事已经一锤定音。

她除了继续前行，没有别的办法。

就像茉莉花的花瓣，到时间了，自然就纷纷往下落。

她失去了一位护着她的人，好在她还有别的护着她的人。

前行吧。

因为葬礼的事情，错过了大学的报到时间。

张骥合建议她其实也没必要去。

简小执挺犹豫，上大学是姥爷希望她做成的事情。

"你姥爷不是希望你上大学，他是希望你过得好。与其去三本过四年，不如把这四年用在雕刻上，你现在已经能刻东西卖给客人了，不是吗？"

简小执恍然大悟。

"早在你高三读一半的时候，你姥爷就来问我你学雕刻以后能出来干吗？听我说完后，他给你留了这个。"

张骥合从抽屉里拿出信封。

简小执打开，是一张存折和一封信。

展信佳。

看你不是个服管的性子，感觉以后出去工作，肯定经常得罪人。

给你留了一点钱，省着点花，可以把它当作保底的，不到万不得已的时候，别用。

和戚亮商量着开个什么店，好好过日子。

记得存钱！存钱！存钱！

每天睡觉前也不说做什么记账本，好好回顾一下今天花了多少钱，花在什么地方上边了。

这世界的规则就是得先舍才能有得，先憋屈才能有畅快。做事别老拖着，拿出点红军长征的吃苦精神！

无论如何，生活习惯不能差，坐有坐相，站有站相。

没事多跟着戚亮一起运动运动。

少吃零食，多吃蔬菜。

看完信，简小执哭笑不得。

不愧是魏国义。

简小执把信纸珍重地按原样叠好，小心翼翼地塞回信封，怕信封装兜里、握手里会磨损折耗，特意去向张林昆借了本书来，把信

263

封卡进书里，然后才迈开腿回自己家。

日子一天天地过去。

简小执在自己院里搞的那个小店逐渐走向正轨，八十块钱一根的手串她卖，几万的雕像她也卖。

因为是女生的缘故，所以开始得有些难，好在有张骥合的引荐帮助，总算在圈里也是有了一席之地。

她的手艺细致，但不小家子气，婉约中有洒脱的意思，喜欢她作品的人不少，但更多的只是来瞧个热闹，喝茶，转悠，玩瓷片。

遇上那种人，简小执也不像别的店家一样急哄哄地就往外撵。

她说："这指不定以后就成了照顾主呢，可不敢得罪。"

张骥合欣慰地点点头。

魏老爷子还说他这孙女不会做人呢，这不挺会的吗？

亲自来坐镇几回之后，张骥合就彻底当了甩手掌柜，让简小执自己看着办了。

这次接了个大单，雕个观音，订金尾款加起来能有二十万。

简小执高兴得不行，忙得昏天黑地。

戚亮刚好也比完赛，捧着金牌回来，看简小执累得不成人形，守着她干完这一单，就连夜把人拎上飞机，飞往温暖湿润的南方茶园。

修身养性。

"要不怎么说南方水土养人呢？"简小执一下飞机就深深地呼吸一口气，"我都感觉水分在我的鼻孔里边翱翔。"

"那可得小心点儿翱翔，小心运出点儿鼻涕来。我可没带纸啊。"

"啧！"

简小执嫌弃地踢了戚亮一脚："真会煞风景。"

看了看时间还够先去吃顿饭，简小执在飞机上就惦记着粉，走出机场，立马牵着戚亮去找粉店。

"嚯！这什么味儿啊？真臭！"

"这就是这粉的味道，闻着臭，吃着香，跟臭豆腐一个理儿。"

简小执说完，吸溜了一口。

"唔！香！"

"有这么好吃吗？"

戚亮半信半疑地也挑了一筷子，吃进嘴里首先感觉到的是烫，然后就是鼻腔里满溢的臭味，但是与此同时，粉酸爽麻辣，甚至还有一股米香味，混着跟随粉一起进了嘴里的红油汤，带来复杂无序的味觉体验，这些加在一起，让戚亮意外地挑挑眉。

"真挺好吃！"

店老板坐在风扇下边，笑得眼睛眯起来，眼角几道深深的皱纹。他在围裙上擦了擦手，颇有些自豪："我家这粉啊，好几辈的生意，吃过的没说半个不好。"

简小执已经吃得连头都抬不起来，只用左手竖了个大拇指表达赞叹之情。

店老板见顾客这么喜欢吃自己家的东西，自然高兴，大手一挥："我再给你俩弄个煎蛋吧，配在一起更好吃！"

"好！"

"谢谢！"

两人吃饱喝足之后走出粉店，沿着步行街一直往前走。

在路边小店见着有人卖竹编帽，简小执立马走不动道了。

"好看吗？"简小执挑起一个，戴在自己头上。

"哇，《锄禾》插图模特是以你为原型吧？"戚亮夸张做作地捂住嘴。

简小执愣在原地想了一下《锄禾》，反应过来之后，气得不行，追着戚亮就是一顿打。

老板就这么坐在店门口的椅子上，看着戚亮和简小执，从这头轰隆隆打到那一头，没一会儿，女生手揪着比她高一个半头的男生的耳朵，从那头又走了回来。

男生这时候态度好多了，毕恭毕敬拿出钱包："请问这帽子多少钱？"

女生不满意这句话，手里力道加重了一些。

男生立马倒吸一口凉气。

与此同时，他嘴里也利索吐出一串话："哇，这帽子一看就是为美丽的简小执量身打造，不买简直是浪费了大自然的鬼斧神工，敢问这帽子多少钱？"

老板咯咯笑得不行，给他俩把帽子装好，还捎带着送了两个手机链。

风吹过来暖暖的，大片大片青色的草地，深翠色的树。还没有正式到茶园，就已经闻到一股独属于茶的清香味。

戚亮给简小执戴上竹编帽，风把帽子的带子吹到了她脑后，戚亮伸手绕过简小执的脖子，把带子给她系到下巴处。

一开始本来挺坦然的，结果不知道是她的错觉还是真有这么回事，她总觉得戚亮动作特别慢，一个蝴蝶结系了能有三十分钟。

"你手打滑了是吗？"简小执不自在地移开目光。

"嘿嘿。"戚亮笑了笑。

把简小执帽子戴好之后，他弯下腰，把自己的帽子递给简小执："现在换你给我戴。"

距离拉近。

简小执的心跳越来越快。

更要命的是，她总觉得戚亮离她好像越来越近了。

温暖湿润的气候，清香沁人心脾的茶园，天高地阔，宁静平和。

这……这是终于要到那一步了吗？

简小执闭上眼睛。

可等了好一会儿，唇上也没有等来书里描写的那种温热触感。

睫毛颤抖得越来越厉害。

简小执微微睁开一只眼睛，瞄见戚亮正憋着笑看自己。

简小执一愣。

戚亮："你想让我亲你？"

简小执："才没有！"

戚亮："那你闭着眼睛干吗？"

简小执："管得着吗你！烦死了！"

简小执愤怒地跑开，这一次是真的愤怒。

她总觉得自己被戚亮耍了，尊严扫地，暗自下决心，接下来再也不要理他了。

戚亮见状连忙追上去。

说了半天好话，也没见简小执的脸色有所和缓，他慌了。

"我错了，我错了，我真的错了！"

简小执冷哼一声。

戚亮继续低声下气："我就是觉得你睫毛抖得特好玩，跟跳霹雳舞似的，我就多看了一会儿。"

简小执别开头，姿态一半安详，一半骄傲，一半沉浸黑暗，一半沐浴阳光。

"嗷——"

身后传来戚亮的惨叫声。

简小执顾不得安详、骄傲、黑暗、阳光了，连忙回头。

戚亮捂着膝盖，坐在地上，表情痛苦。

"怎么了？"

简小执连忙奔过去。

"路上不知道哪儿来的小石子，给我绊了一跤。"

"天啊，严重吗？咱们去医院看看吧！"这可是奥运冠军的腿啊！

其实已经不痛了，但戚亮一见简小执担心的样子，他就默默决定继续装下去，只见他眉头紧蹙，一副"我痛苦但我要坚强"的隐忍模样。

"没事……"戚亮声音微微发抖，接着又可怜巴巴地问，"小执，你还生我的气吗？"

简小执凭借自己多年上当的经验，一眼看出戚亮在装病行骗。

"怎么会呢，"简小执笑呵呵的，她按住准备起身的戚亮，"这种小路滑倒了最严重了，我觉得还是去医院检查一下比较稳妥。"

戚亮挠挠头。

"不用吧，我……我感觉应该没那么严重。"

"这话除了医生谁敢保证。"

简小执摸出手机准备打电话。

"你给谁打？"

"给你教练啊，"简小执话说得云淡风轻的，"跟我出来玩一趟，脚给崴了，耽误训练多不好，我给你教练打电话赔礼道歉。"

戚亮怕虫子，但怕他的教练甚于虫子。

"别别——"

戚亮"噌"一下站起来，原地蹦了两下，示意自己身体健康、生龙活虎。

"可能这就是奇迹吧。"戚亮深情款款地握住简小执的手，"想到你在关心我，我一下子就痊愈了。"

简小执冷笑一声，就着戚亮握自己的手，一口咬了下去。

"啊啊啊——"

凄厉的惨叫声惊起树上休憩的鸟，它们拍打着翅膀滑过天空，天上流云像水波。

相比刚刚为了引起简小执注意而故意的惨叫声，这一次的要真实不少。

戚亮甩着手，牛高马大的人却跟小媳妇一样走在简小执身边，一脸生无可恋。

绿得像电脑壁纸的茶园，背后是雾蒙蒙的远山。

简小执忍了又忍，到底没忍住。她把戚亮的手拉到自己身前，吹了吹。明明是关心，但语气却凶巴巴的。

"还痛不痛？"

戚亮眼睛瞬间弯起来，笑意像温水浸润双眸。

"好痛。"

"又在装可怜。"

"那你不要管我好了。"

"戚亮你是狗啊！"

或许是白天提到"教练"的缘故，晚上教练还真的打来电话，说有紧急培训，让戚亮赶紧到位。

分别时间临近，戚亮三步一回头。简小执一开始还有点不舍，但硬生生被戚亮的煽情整麻了，最后的结局是简小执轰着戚亮离开的。

"赶紧走，赶紧走，赶紧走！"

看着戚亮提着行李消失在安检口，简小执好笑地摇摇头。

可是等走出机场拦到车，简小执坐在出租车里，看着窗外一闪而逝的陌生风景，突然就觉得心里闷闷的。

现在本来应该和戚亮待一起的。

哪怕什么也不做，只要戚亮在身边就好。

有点糟，明明刚分开不到十分钟，但好像已经开始想念了。

简小执把车窗摇下，风灌进来。

她想象自己是电影女主角，越想越伤感。

回到民宿，她早早地洗漱好。

等终于收到他发来的"平安落地"的消息后，简小执立马连发了好几条消息过去，但一直没有回复，应该是培训收了手机。

翻来覆去到半夜也没睡着，简小执索性坐起来，烧了一壶水，泡了一杯民宿赠送的茶。茶包上印着黄庭坚的《品令·茶词》：

恰如灯下，故人万里，归来对影。口不能言，心下快活自省。

简小执撇撇嘴。

夜灯如豆，温暾地照亮有限范围。茶香伴着水雾升腾，简小执心下却一点也不快活。

"嗡嗡嗡——"

放在床头柜的手机在振动。

简小执眼睛一亮。

她迅速拿起手机，屏幕上是烂熟于心的号码。

"我有点想你了。"简小执说，声音有点委屈。

"只有一点点吗？"戚亮压着声音，但情绪很到位，"我想你的心就跟秋雨一样，滴滴答答一整夜，都要溢出来了。"

"……你是不是觉得我不知道这是周杰伦的歌词？"

戚亮咯咯地笑。

这时，简小执听见戚亮教练洪亮的声音。

"看来今天的训练不够啊，精神好睡不着就下去跑圈！"

简小执听着电话那边戚亮熟悉的哀号和耍赖声，她突然觉得很安心。

原来这就是心安，像是晒得软软的暖和的被子把她从头到尾罩了起来。

茶香淡淡地拢过来，简小执余光又瞥见黄庭坚的品令。

　　恰如灯下，故人万里，归来对影。口不能言，心下快
活自省。

写得还不错嘛。
简小执闭上眼睛，嘴角噙着笑，睡着了。

另一个你
MoliHutong

我最最最最亲爱的简小执：

早上好！

我是另一个你。

众所周知，人是很喜欢讲述自己的生物。

关于自己走了哪些路，爱过哪些人，又是如何成长到今天的模样，人类有一箩筐不同样儿的话来讲述。但也许这些话丝毫没有意义——在没有打算倾听的耳朵时。你曾经大概也很有倾诉欲吧，想解释自己，想说明为什么，想被人理解，想有人告诉你你那么做没有错。

但我印象中，你的最后一面，是你沉默地站在天桥上，手臂撑着护栏，你看着桥下车流不息，你看着远方天际线晕染出耀眼的金黄。

那一刻，你在想什么呢？

你对人间的印象，从石榴树开始。

院里的石榴树叶子翠绿，在光线好的时候，尖端看着甚至有些金黄。你坐在石榴树底下，阳光从叶子和叶子的罅隙间洒落下，明亮的光斑落在眼皮上，随着风晃动，眼前时而猩红，时而暗，交替摇晃的世界里，院子门口"丁零丁零丁零"响过三轮车的声音。

茉莉胡同和天底下所有的街道巷弄没区别：冷漠又温柔，市侩又温情，邻里之间相互打听，也相互关心。孩子之间相互比较，又相互为玩伴。

可小的时候你只能看见前半部分。

于是你烦透了这个地方，你想逃开遮天蔽日的老槐树阴影，你讨厌围墙街角神出鬼没的野猫，讨厌时不时冒出个头来打探家里发生了什么的邻居大婶，讨厌考一回试成绩就传遍全胡同，讨厌大家打量你的目光，讨厌一下雨就积累起来的臭臭黑水洼，讨厌那些大人一脸"这孩子真没出息"的表情，讨厌总是被人乱拿乱放的报纸，讨厌豆浆一会儿给得多一会儿给得少的早餐铺，讨厌那些偷偷用别人家电的贪便宜中年大叔，讨厌无缘无故或者小题大做的争吵，连天上飞过的鸽群，你都觉得厌烦。

你觉得这里庸俗、脏且乱。

你迫不及待地想离开这里，你想去一个新的地方：小卖部价格不随心而变，工整、干净，人与人之间有很远的距离，大家相互不打听，只关注自己的生活。

但现在我想，即使你到了那个新地方，你也会有不同的不满：什么人太冷漠，什么太安静，什么太孤零零，什么总觉得就算死家里了也不会有人知道。

就是这样的，每个人心里都有一个完美的世界，而事实上，没人可以过上梦寐以求的生活，所以大家都觉得别人比自己过得好。

你那时候差不多也是这状态。老觉得为什么就你那么惨，为什么就你摊上那么一冥顽不灵的姥爷，为什么就你的家长天天管你，为什么有的人成绩那么差，但一时狗屎运写了书居然就出名赚钱了——而你，却只能学习。

　　看起来其他人的面前摆了起码三条路以供选择，而你的面前，只有"学习"这一条苦哈哈的、一看就很累的通道。

　　你讨厌别人跟你说"学习是你唯一的出路"，你讨厌别人用"这孩子也只能学习"的眼神看着你。

　　其实，你但凡理智一点，你就会抛开那些无用的情绪，认清现实：确实只能学习。

　　可你年轻气盛，你明明没有什么实力和根基，偏偏心高气傲地觉得自己就是不服，且自己可以反抗。

　　学习本该是延续一生的行为，学习本该是自发自愿的行为，但在那个时候，学习成了一种枷锁，一块压在身上的巨石，一个你拿来不服反抗的符号。

　　老师想让你好好学习，你偏不；姥爷想让你好好学习，你偏不；社会想让你好好学习，你偏不。

　　你在课堂上睡觉，不写作业，更不交作业，你看别人吭哧吭哧复习考试，你用一种不屑的态度，自绝后路——后来你偶尔心血来潮想认真学了，同学会用相同的眼神来无声质问你：这谁啊，这不是之前那个不屑的简小执吗，不是不学吗？

　　其实你要是长大一点，你就明白这种局面的处理方法，比如：一笑而过，讨巧地来一句"谁没有个无知的时候"打岔过去，然后顺理成章地翻开课本，没有人会追究，大家甚至会主动帮你。

但你那时候太小了，自尊心高过天，脸面胜过一切。最最无法应对的就是同龄人的异样目光。

你做出种种愚蠢事，最后收获的也是你一手种下的恶果：高考落榜，无缘大学。看着同龄人多姿多彩的大学生活和看起来一片光明的未来，当时你的感觉是什么呢？

你一天一天被磨去骄傲，逐渐忘掉曾经在乎的一切。

生活本该是日复一日的奇迹，但你的生活被你一手改造成日复一日地续命。

你后来无数次在梦中惊醒，明明没有缘由，但一摸眼角全是眼泪。

你大概是梦到了很久很久以前。

那时候也不算多美好，但至少一切都还没开始。

也许归根结底，问题还是在于你期待了太多，要求了太多，你不能接受遗憾，不允许不完美。

可我该怎么说呢，你迟早会明白，这个世界残酷且充满偶然性，有时候你失败得莫名其妙，恰如有时候你成功得猝不及防。

在这样的一个世界里，你只能做到力所能及的正确，还有力所能及的温柔。

当然那个时候的你远远不懂，所谓"力所能及"是什么意思。那个时候的你，世界只有两种颜色，非黑即白。在那个时候你的脑子认为这是一夸人的话，好像能显得你纯粹，但其实，你后来才会明白，非黑即白，某种程度上的意思是指：不够体谅他人。

你得长大一点才能明白，世界上每一个人都很苦，大家都是在强迫自己好好活着。不管他看起来是笑嘻嘻的，温和的，安静的，浑蛋的，骄傲的，不怎么说话的……当你离一个人足够近，你总能看见他的为难和疲惫。

但我想，那个时候的你，应该也听不进去这些话，你应该会觉得所谓"为难"其实是一种开脱，一种辩解。哈哈哈！

那时候的你喜欢装酷，穿牛仔裤，尽管它勒得你不能盘腿坐，你看轻穿裙子的女孩，觉得她们幼稚。"可爱"对你来说是贬义词，你整日皱着眉头，一副苦大仇深的模样，面对所有人都不耐烦，时不时嘲讽两句，时不时抖几句机灵，你觉得那样你很酷，但你后来才知道，那不是酷，那是一种姿态，一种装模作样，是叫嚣的自我意识，是不识人间疾苦的故作愁滋味。

你以为那是长大。

而其实真正的长大，是发现事物复杂的过程。

有时候会过于复杂，复杂到你很难再坚持内心的简单。

有时候更糟，你清楚地知道自己选错了，但你没法儿叫停。

游戏里要是卡壳了，可以随时随地按"重新开始"，生活却不行，一手造成的烂摊子，无论如何就横在眼前，就是得解决了才能前行。于是你开始权衡，你开始计较，你开始只关心自己。

嗯嗯……也许吧……但当务之急主要还是自己这件事。

生活分给你房租、水电气、押金、涨价的水果、过期的酸奶、萎靡的蔬菜、坏掉的洗衣机、被风刮掉的门、门口清不干净的小广告、三两天堆积的地板灰尘……

你后来会很累，累到顾不上哀伤；会忙，忙到来不及忧愁。

那些高纯的梦想，其实也在体内熊熊燃烧；但是生计，却也是火烧眉毛、迫在眉睫。

以前姥爷老嫌弃你出门走的时候不关灯、冰箱缝没关严漏电，说电费是一大笔支出，你总是翻一个大大的白眼，心里觉得他小家子气。

可是现在你连手机充电都要拿到店里去充满才带回家。

同租室友陈兰跟你说可以卖护肤品创业，她说现在大家都注重保养了，都舍得往面膜上砸钱，她说她和你可以一起凑钱进货，把面膜卖出去，然后分成，最后肯定会赚翻的。她说人生随时可以重新开始，要看有没有勇气；她说人的命运掌握在自己手里，不拼一把不知道最后结果到底是什么。她说了很多，句句正确，你信了，你也热血沸腾，你把辛苦攒下的钱、连同借的贷款，一股脑丢进面膜事业，然后结果你也知道：陈兰拿着钱走人了。

她拿着你的钱，重新开始了她的人生。

更好笑的是，你因为她平时对你很好，时不时请你一顿饭这种肤浅的理由，而盲目信任她，把钱给她的时候，连张条子都没签。在法律上，这约等于白给。

你早就听过什么"人心隔肚皮"之类的老话，但那有什么用呢，你还不是乖乖栽了跟头。

那一刻，你无比愤怒、无比绝望，你回到茉莉胡同，看着你唯一的资产：

茉莉胡同 17 号院。

你只得卖掉它。

魏婶气得下巴都在抖，她拿着笤帚赶你，颤着声音问你有没有心，居然卖掉姥爷留下的房子。你难堪地转头背过身，看见街坊邻居抱着手站在一起，对你指指点点。

你早觉得自己不会害羞愧疚了，但那一刻，你确实觉得浑身像被罩在一个闷热发臭的洗碗布里。

你想张嘴，你想解释，你想大喊大叫，你想哭。

但最终你木着脸，带着房产经纪看了一遍房，指着你曾经坐过玩过睡过躺过闹过的房间，指着那棵在你脸上划过光影的石榴树，指着你夏天冲凉泡西瓜冲脚洗脸刷牙的水池子，指着外公曾躺过的藤椅、用过的收音机、放过茶壶的茶几……所有的所有，你以这些为筹码，和房产经纪来回拉扯价格。

你钱要得急，这院子并没有卖到最好价格。但也只能这样了——恰如生活其他事情。

那天天气不合时宜的灿烂，阳光鼎盛，一切谈妥后，出来时灿烂的夕阳铺满树顶街道，你走上天桥，站在上面，看着绚烂多彩璀璨耀眼的霞光，手臂撑着护栏。

你在想：要是能重来。

可能是你之前的一生过得实在太过于失败，命运之神都看不下去了，真给了你重新来一次的机会。

你依旧时不时会对着姥爷失去耐心；你依旧时不时控制不住自己脾气想掀翻桌子；你原想着撸起袖子好好干一场，却没料到冥冥之中一切并不能轻易改变。

你改变不了其他人的决定想法，插手不了其他人的人生，最终你能依靠的、能改变的只有自己。

哈哈，好像又是老生常谈的话。

大家听着这些已经被说过太多次的话，并没有放进心里，等自己跌倒之后才知道，原来经验教训，早就从书籍、长辈那儿听过了。

不断跌倒，不断重复上一次的错误。人生就是不断地重蹈覆辙。有时候我们愤恨的不是别人，我们最厌烦、最不满的恰恰是自己。

日出时朝气蓬勃，大家都信心十足地闯荡世界，日落时影子拉得特别长，比不解、挫败、愤怒还要长。

而一个人要学习的，也许就是接受日落，接受会出错、会懈怠、会重蹈覆辙的自己。

接受不够完美、总是循环罪孽的世界。

接受这个破败，又偶尔团结的人间。

然后，做到力所能及的正确，力所能及的温柔。

简小执，希望你能和所有遗憾握手言和，永不抛弃希望和向往。被击倒一万次，就躺下睡一万次的觉，睡醒，希望你务必站起来，迎接第一万零一次的暴雨烈阳。

一封信写完，简小执觉得自己好像躺在初春的草地上。

她认认真真地把信纸对折两次，装进信封里，打开抽屉，把信封放到抽屉最里面。

屋子外边阳光正好，茉莉花散发着清香，石榴树依旧安静站在院子里，秋千随风摇摆，鹦哥在树影的间隙中用嘴梳理自己的羽毛。

门被打开，戚亮站在光的中间。

"你干吗呢？"他问简小执。

这一生会一直不完美，但我决定一直接受。

这一生会一直艰苦，但我决定一直不放弃。

"戚亮，你会陪我很久很久吧？"

"那不然呢？"戚亮一脸"你发什么神经"的表情。

简小执笑着扑进戚亮的怀里。

"那你兜里装的戒指打算什么时候给我戴上？"

（全文完）

月光。

茉莉花清香。

随着风微微晃悠的秋千。

槐树的叶子轻柔落下。

"戚亮，我们一辈子都在一起好不好？"

"我还得找媳妇儿呢。"

"那你找着了吗？"

"找着了。"